LE RÊVEUR

LE RÊ

DE PAM MUÑOZ RYAN

Traduit de l'anglais (États

bayard

VEUR

ILLUSTRÉ PAR PETER SÍS

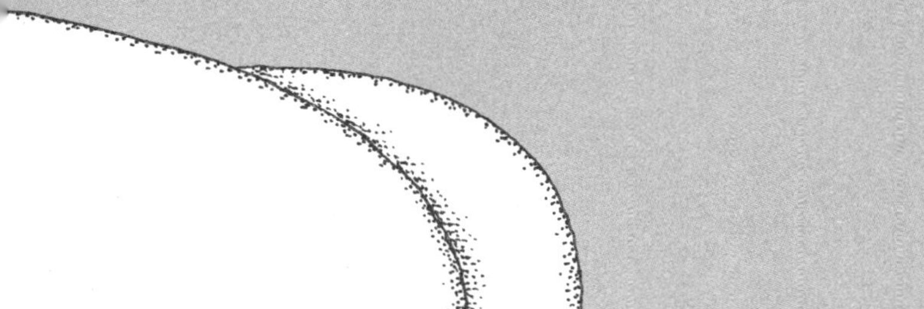

[redacted]

-Unis) par Pascale Houssin

eunesse

Lecteur, ce livre est pour toi.

Va te promener

dans cet espace infini qui se situe

entre l'âme et le firmament.

Je t'y attends.

~ PMR

À notre maison de famille

Nerudova 19

Prague

~ PS

«Regardez autour de vous –

Ici, il n'y a qu'un seul danger

pour vous...»

~ *Pablo Neruda*

Je suis la poésie

en quête de poète.

Je pose des questions

auxquelles se prêtent

toutes les réponses.

Je ne choisis personne.

Je choisis tout le monde.

Approche-toi...

... si tu oses.

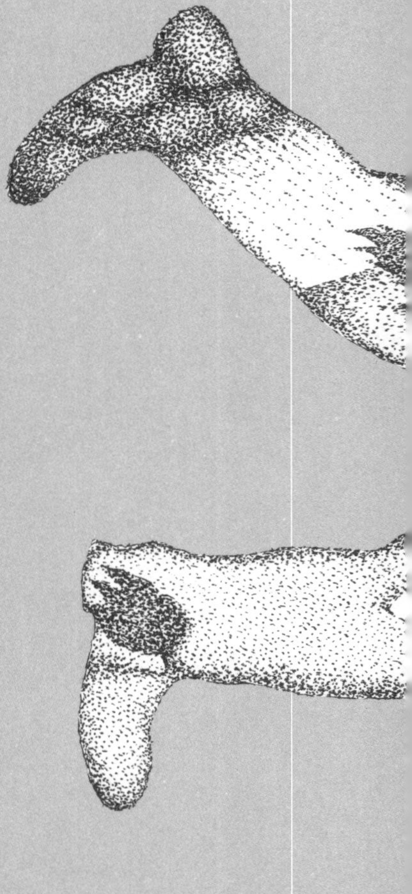

LA PLUIE

SUR UN CONTINENT riche de chansons, dans un pays évoquant par sa forme le bras d'un *guitarrista* géant, la pluie s'abattait à grand bruit de tambour sur la ville de Temuco.

Assis dans son lit, le dos calé avec des oreillers, Neftali Reyes regardait fixement sa page de devoirs. De simples additions, prétendait son maître ; mais pour lui, cela n'avait rien de simple. Ah ! Comme il aurait voulu que ces nombres disparaissent ! Il ferma les yeux de toutes ses forces, puis les rouvrit.

Les 2 et les 3 s'échappèrent de la feuille et firent signe aux autres de les suivre. Les 5 et les 7 s'envolèrent à leur tour et, à force d'encouragements, les 4, les 1 et les 6 finirent par les imiter. Seuls les 9 et les 0 refusèrent de bouger. Sans plus s'occuper d'eux, les autres chiffres se donnèrent la main pour former une longue ribambelle, puis ils traversèrent la chambre et s'enfuirent par une fente de la fenêtre. Neftali referma son livre en souriant.

On ne pouvait décemment pas lui demander de terminer son exercice, rien qu'avec ces paresseux de 0 et de 9 qui se prélassaient sur la page !

Il se leva lentement de son lit, marcha jusqu'à la fenêtre et, le front appuyé contre la vitre, contempla le jardin. Il savait qu'il était en convalescence et qu'il devait se reposer. Il savait aussi que, lorsqu'il ne se reposait pas, il était censé faire ses devoirs pour rattraper son retard en classe. Mais il se laissait si facilement distraire !

Dehors, c'était l'hiver ; tout était gris et détrempé. La terre s'était transformée en boue, et un petit ruisseau courait à travers un trou dans la clôture délabrée. Pour l'instant, personne n'habitait la maison voisine. Cependant

Neftali s'imaginait souvent qu'un ami l'attendait de l'autre côté de la palissade – quelqu'un qui s'amuserait à regarder les débris flottant à la dérive sur le fleuve, qui collectionnerait les bouts de bois tordus, qui aimerait la lecture et qui ne serait *pas bon* en mathématiques.

Neftali entendit soudain des pas. Est-ce que c'était son père ?

Ce dernier travaillait aux chemins de fer ; il était absent depuis une semaine et devait rentrer à la maison dans la journée. Le cœur de Neftali se mit à cogner, et ses grands yeux bruns se remplirent d'effroi.

Les pas se rapprochèrent.

Tap.

Tap.

Tap.

Tap.

D'une main fébrile, Neftali tenta d'aplanir sa tignasse noire. Était-il encore mal coiffé ? Puis il examina ses doigts grêles. Étaient-ils assez propres ?

À l'idée d'affronter son père, le garçon avait les bras tout tremblants, et sa peau semblait se racornir tant elle lui picotait. Il prit une profonde inspiration et resta en apnée.

Les pas passèrent devant sa chambre et s'éloignèrent dans le couloir.

Neftali relâcha son souffle.

C'était probablement Mamadre, sa belle-mère, avec ses souliers à talons de bois. Neftali tendit l'oreille et, une fois assuré qu'il n'y avait plus personne dans les parages, il retourna près de la fenêtre.

La pluie pianotait sur la toiture en zinc. Neftali écoutait l'eau qui glougloutait mystérieusement au-dessus de sa tête et qui, peu à peu, se frayait un chemin vers le dedans. Au plafond se formèrent bientôt de petites mares larmoyantes, qui s'égouttèrent dans les récipients que l'on avait posés ici et là sur le plancher.

plic – plic

ploc

bloup, bloup, bloup

yep, yep, yep, yep

plic – plic

plic – plic

ploc,

ting,

ting,

ting,

ting,

ting

ploc

plic – plic

bloup, bloup, bloup,

yep, yep, yep, yep

ting, ting, ting, ting, ting

plic – plic

plic – plic

ploc

Tout en écoutant ce concerto de notes mouillées, Neftali contempla la chaîne des Andes, qui se dressait telle une chorale de géants en robes blanches. Il tourna ensuite son regard vers le fleuve Cautín, qui s'enfonçait dans la forêt. Il ferma les yeux et se demanda ce qu'il y avait plus loin, au-delà des villes de Labranza, Boroa et Ranquilco, là où la mer grignotait la côte rocailleuse.

La fenêtre s'ouvrit. Un tapis de pluie se glissa dans la pièce et emporta Neftali vers le lointain océan, qu'il n'avait vu que dans les livres. Il devint alors capitaine, et la proue de son bateau fendit le bleu des flots. Les joues balayées par les embruns, les vêtements claquant au vent, il s'accrocha au mât et regarda s'éloigner le Chili, son pays.

Neftali ? Qui prend l'eau des nuages
pour couronner les montagnes de neige,
grossir les rivières et nourrir l'océan affamé ?

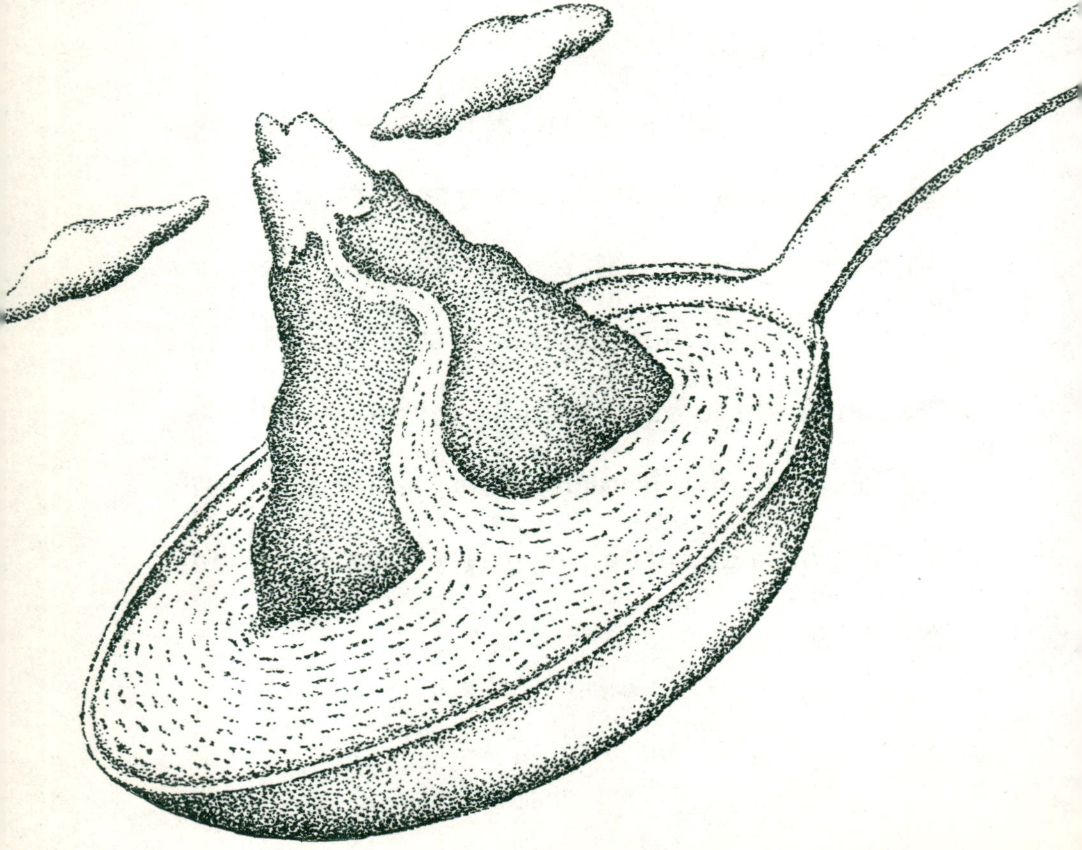

Un coup de sifflet strident ramena brusquement Neftali à la réalité et lui fit faire volte-face.

Son père se tenait dans l'encadrement de la porte. Il en occupait toute la largeur.

Le garçon frissonna.

– Arrête de rêvasser ! tonna le père, dont la pointe de barbe filasse tremblotait au rythme des mâchoires étroites qui se serraient et se desserraient. Et d'abord, que fais-tu debout ?

Neftali détourna les yeux.

– Tiens-tu à rester chétif et souffreteux toute ta vie, autant dire un minable moins que rien ?

– N-n-non, père, balbutia Neftali.

– Ta mère était pareille, toujours en train de gribouiller sur des bouts de papier, toujours dans la lune.

Neftali se frotta les tempes. Il n'avait pas connu sa mère, qui était décédée deux mois après sa naissance. Son père avait-il raison ? Est-ce qu'on s'affaiblissait à force de rêvasser ? Était-ce pour cette raison que sa mère était morte ?

Mamadre arriva en toute hâte.

L'homme pointa sur elle un doigt accusateur :

– Surveille-le un peu mieux ! S'il ne garde pas le lit, jamais il ne reprendra des forces.

Quand il quitta la pièce, le plancher trembla sous ses pas.

Mamadre prit la main de Neftali, l'aida à se recoucher et le borda gentiment.

– Ta mère était souvent perdue dans ses pensées, c'est vrai, lui dit-elle, mais ce n'est pas cela qui l'a tuée ; c'est la fièvre. Et puis, regarde-moi : je suis petite et beaucoup trop maigre, d'après certaines personnes. Vue de l'extérieur j'ai l'air fragile, mais au-dedans je suis très forte... tout comme toi.

Elle lui caressa la tête.

– Je sais, c'est dur d'être obligé de rester alité.

– Je m-m-me s-s-sens... b-b-bien, affirma Neftali en effleurant de sa main les cheveux noirs de Mamadre, rassemblés sur sa nuque en un chignon serré.

– Encore un jour de patience. Je vais te faire la lecture, le temps te paraîtra moins long.

Bercé par la voix douce de Mamadre, Neftali s'égara au royaume des légendes, avec ses fiers chevaliers et ses géants. Dans ce monde-là, il ne souffrait plus de timidité. Dans ce monde-là, personne ne l'appelait «Sac-d'os» en raison de sa maigreur maladive, et ce n'était plus lui que les garçons du quartier choisissaient en dernier quand ils faisaient un jeu d'équipe.

De page en page, Neftali en oublia qu'il était bègue. Il se voyait aussi bien portant et aussi costaud que son grand frère, Rodolfo; aussi enjoué que sa petite sœur, Laurita; aussi sûr de lui et aussi intelligent que son oncle Orlando, directeur du journal local. Au fil des lignes, Neftali osa même imaginer qu'il avait un ami.

Sa lecture terminée, Mamadre se retira discrètement. Neftali se mit alors à observer les fissures du plafond. On aurait dit une carte routière. «Mais de quel pays?» se demanda-t-il.

Il soupira. Les paroles de son père n'avaient servi à rien. Il ne pouvait s'empêcher de rêvasser.

Dans son imagination vagabonde, les éléments de la vie quotidienne prenaient souvent une tournure étrange. L'orage qui se déchaînait au-dehors devenait un monstre qui faisait trembler le toit de peur ; le volcan Llaima était un dragon dont le grondement donnait le hoquet au parquet ; les murs fragiles de sa modeste maison se recroquevillaient au passage des trains hurlants ; l'escalier inachevé débouchait en fait sur un mystérieux château.

Neftali ? Vers quel monde secret

un escalier inachevé mène-t-il ?

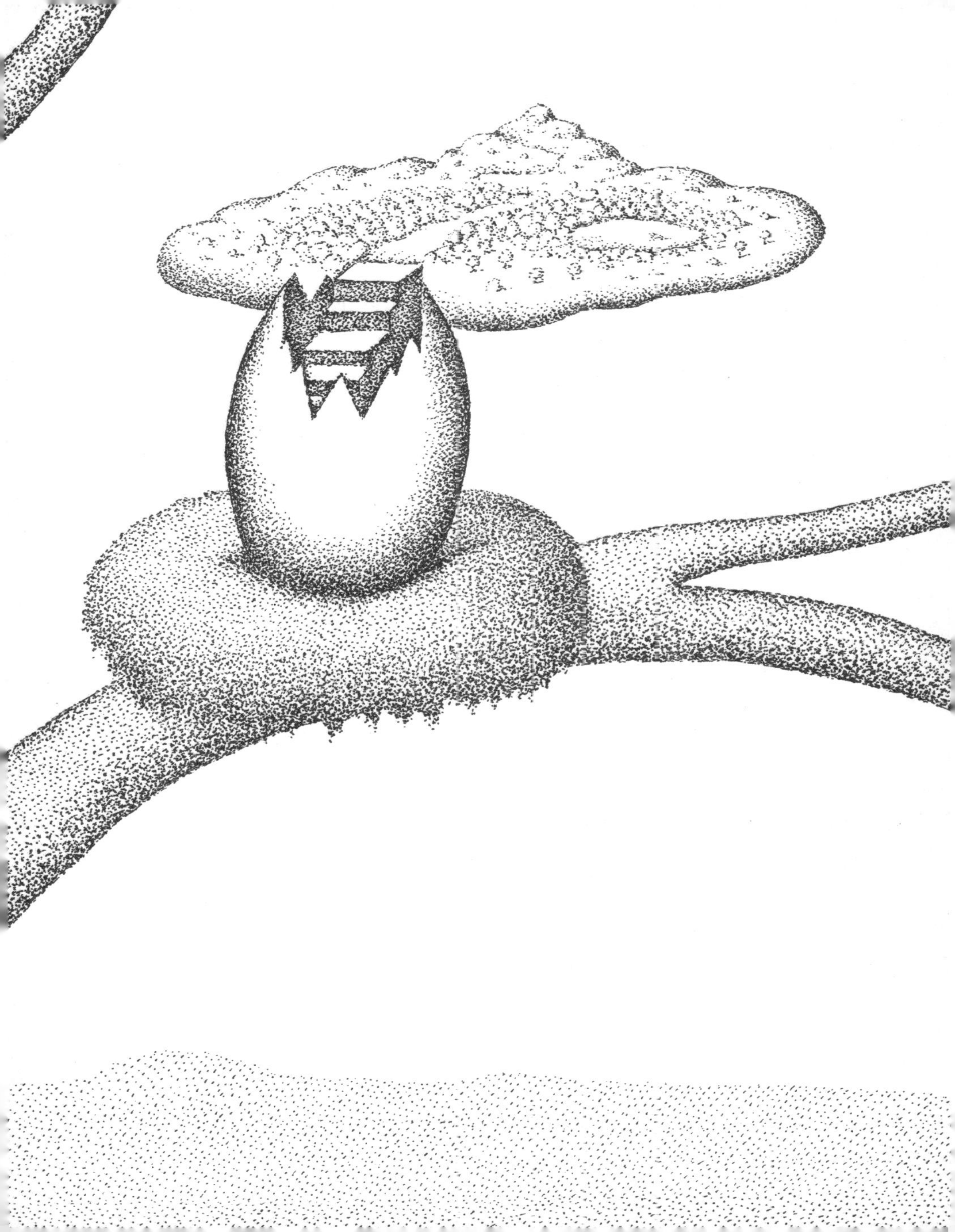

Le lendemain, Mamadre se montra beaucoup plus vigilante, et Neftali ne put s'échapper de son lit. Il demanda alors à Laurita de bien vouloir être son émissaire.

– R-r-r-raconte-moi tout ce que tu v-vois dehors. S'il te p-plaît. *Porfa !*

Laurita, qui n'avait que quatre ans, hocha la tête. Comme elle était trop petite pour regarder par la fenêtre, elle monta sur une chaise, puis se pencha en avant. Avec ses yeux noirs tout ronds, ses longs cils et ses cheveux brillants, elle ressemblait à un petit oiseau perché sur la barre d'appui.

– Je vois la pluie... le ciel plein de bosses... des feuilles mouillées... une chaussure toute seule... des flaques de boue... *un perro callejero*...

– P-p-parle-moi de ce chien errant, demanda Neftali. De quelle couleur est-il ?

– Il est tellement mouillé que c'est dur à dire. Peut-être marron, peut-être noir.

– Et cette chaussure privée de sa sœur jumelle, comment est-elle ?

– Elle n'a plus de lacet ; elle a l'air triste.

– Demain, quand j'aurai le droit de me lever, j'irai la ramasser et je l'ajouterai à ma collection.

– Mais tu as déjà plein de cailloux, de bouts de bois et de nids ! Et puis, elle est sale, cette chaussure. Tu ne sais pas d'où elle vient, ni qui l'a portée.

– C'est vrai, admit Neftali. M-m-mais je la nettoierai. Elle appartenait peut-être à un tailleur de pierre ? Si je garde sa chaussure, j'hériterai de sa force. Et si elle appartenait à un b-b-boulanger, il me suffira de caresser le cuir pour savoir comment faire du p-p-pain !

Sa petite sœur se mit à rire.

– Ce que tu es bête, Neftali !

Mamadre apparut sur le seuil de la porte.

– Laurita, annonça-t-elle, Valeria est venue jouer avec toi, va la rejoindre. Quant à toi, Neftali, tu devrais faire la sieste si tu veux être en mesure d'aller à l'école demain.

Elle s'approcha du lit, embrassa le garçon sur le front et lui remonta la couverture sous le menton.

– Vu de l'extérieur, tu as l'air en forme... mais comment te sens-tu au-dedans de toi, mon fils ?

– B-b-bien, Mamadre, répondit Neftali. Est-ce que je peux lire un m-m-moment, s-s-s'il te plaît ?

– D'accord, mais une seule histoire.

Mamadre se dirigea vers la porte, puis ajouta en souriant :

– Je récolte ce que j'ai semé... Dire que c'est moi qui t'ai appris à lire avant que tu entres à l'école !

Neftali prit un livre sur la table de nuit. Même s'il ne comprenait pas encore tout, il arrivait à saisir l'essentiel. Il aimait la sonorité de certains mots et, lorsqu'il en rencontrait un qui lui plaisait particulièrement, il ne se lassait pas de se le répéter : *locomotive, locomotive, locomotive*. Dans sa tête, il ne butait jamais sur une syllabe. Il entendait les mots comme s'il les prononçait *parfaitement* à voix haute.

Il se leva pour aller chercher du papier et un crayon, puis il recopia le mot :

LOCOMOTIVE

Après avoir plié la feuille plusieurs fois de suite, il la rangea dans un tiroir de sa commode déjà bourré de minuscules carrés de papier sur lesquels étaient écrits d'autres mots.

Une fois recouché, Neftali se mit à réfléchir à la question que lui avait posée son père, la veille. *Tiens-tu à rester chétif et souffreteux toute ta vie, autant dire un minable moins que rien ?*

Soudain, les mots s'agitèrent dans la commode. Le tiroir s'ouvrit, et les petits bouts de papier s'envolèrent dans la chambre, formant d'étranges suites qui se modifiaient sans cesse.

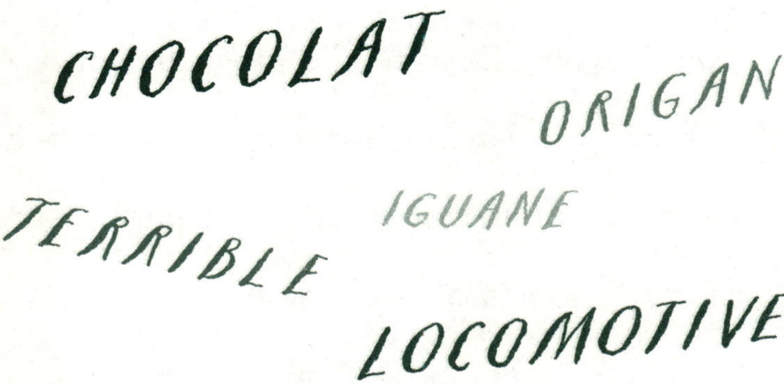

Neftali se redressa, se frotta les yeux et parcourut la pièce du regard. Les mots avaient disparu.

Il se glissa hors du lit, s'approcha sur la pointe des pieds de la commode et ouvrit le tiroir.

Les mots dormaient tous bien sagement.

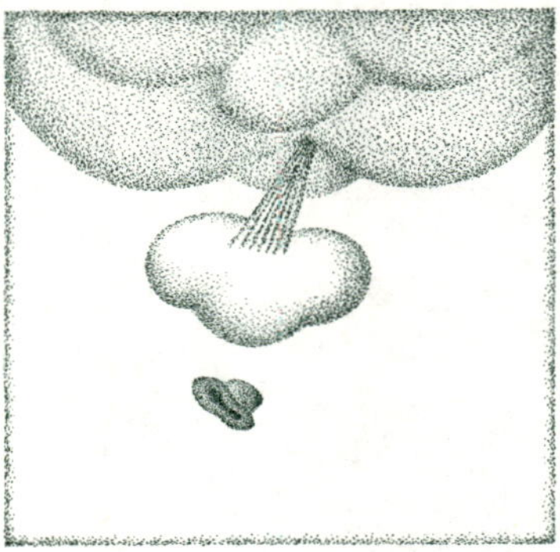

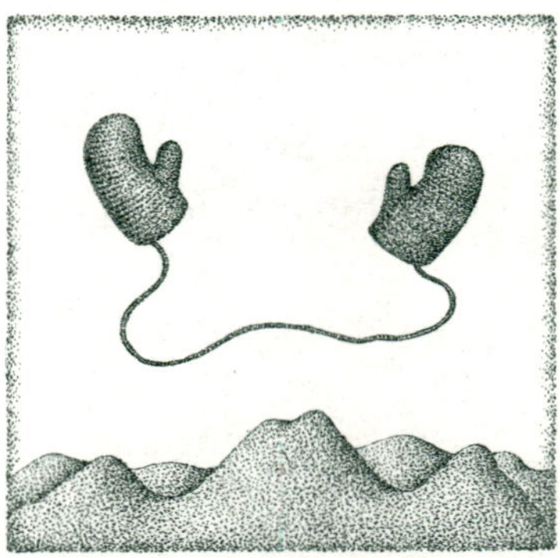

LE VENT

– LA, LA, LA, LA, LA, LA, LA, la, la, la, la, laaaaaaaaaah…

Neftali fut réveillé par les gammes de Rodolfo. D'habitude il adorait entendre son frère chanter ; mais pas ce matin-là.

Son père trouvait le chant incommodant. Et quand il était contrarié, son père pouvait facilement supprimer une permission accordée. Interdire à son fils de retourner en classe aujourd'hui, par exemple... Neftali se leva d'un bond, s'habilla et courut dans la chambre de son grand frère.

Rodolfo se tenait face à l'armoire, les cheveux en bataille, les mains plaquées sur la poitrine, son corps musclé et trapu redressé de toute sa hauteur. Sa langue faisait claquer les notes :

– La, la, la, la, la, la, la, la, la, laaaah...

– R-r-rodolfo, chuuut ! l'avertit Neftali en mettant un doigt sur sa bouche.

Trop tard. La voix tonitruante du père résonna dans la maison :

– Rodolfo ! Arrête immédiatement ce boucan ridicule !

Rodolfo leva les yeux au ciel, attrapa sa veste et sortit en trombe de la pièce.

Neftali soupira, imaginant déjà le sermon qui allait suivre. Il se pinça les joues pour se donner bonne mine, puis s'apprêta à rejoindre son frère dans la cuisine.

Quand il se présenta, la famille était déjà réunie autour de la table. Rodolfo fixait son bol pour éviter le regard de Père. Alors que Mamadre passait la confiture de figues à Laurita, Neftali tira une chaise et prit place en silence. Avec un peu de chance, la confrontation n'aurait pas lieu.

– Rodolfo, gronda le père, depuis le mois dernier, chaque fois que je suis à la maison, je t'entends chanter en permanence. Si tu as vraiment du temps à perdre, consacre-le à étudier.

– Mais..., amorça Rodolfo, ses yeux passant rapidement de son père à Mamadre.

Celle-ci hocha la tête et murmura :

– Vas-y, dis-lui.

Rodolfo prit sa respiration et se tourna vers son père.

– Je... je m'entraîne pour le spectacle de l'école. Et...

– Et quoi ? coupa l'homme, le buste penché en avant.

– Mon professeur et le directeur disent que... que si j'apprends la musique, je pourrai peut-être entrer au conservatoire.

Le père reposa sa fourchette.

– Moi vivant, affirma-t-il, aucun de mes fils n'entrera au conservatoire de musique !

Rodolfo protesta :

– Mais... ils disent que...

Le père abattit son poing sur la table. Rodolfo sursauta. Neftali se tassa sur sa chaise. Laurita glissa sa main dans celle de Mamadre.

– Écoute, José, plaida Mamadre. Ils estiment que Rodolfo est un garçon très prometteur.

– Il a quinze ans. Dans quelques années, il faudra qu'il se débrouille seul. Et ce n'est pas ce genre d'amusement stérile qui lui permettra de gagner sa vie.

José Reyes reprit sa fourchette et l'agita en direction de Rodolfo.

– Je ne tolérerai pas que tu subisses le même sort que moi. Des années durant, misérable ouvrier, allant de ville en ville pour quémander du travail...

Neftali et son frère échangèrent un bref regard, et leurs épaules s'affaissèrent. Cette histoire-là, ils l'avaient entendue des dizaines de fois.

– Je me suis démené pour qu'il y ait du pain sur la table et pour mettre de l'argent de côté, poursuivit leur père. Finalement, j'ai décroché un poste aux chemins de fer et je m'en suis très bien sorti par la suite. Mais je ne veux pas de cette vie-là pour toi, Rodolfo. Il est temps de réfléchir sérieusement à ton avenir. Tu feras des études de commerce ou de médecine. C'est ce que j'aurais choisi si j'en avais eu l'occasion. À partir de maintenant, plus question de gaspiller ton temps à chanter.

José Reyes se tourna vers sa femme.

– Tu écriras un mot à son professeur, lui ordonna-t-il.

Rodolfo ferma les yeux. Lorsqu'il les rouvrit, ses cils étaient mouillés.

Neftali garda la tête baissée. Il ne tenait pas à augmenter le désarroi de son frère en le dévisageant.

– Dépêche-toi de finir ton petit-déjeuner pour pouvoir accompagner Neftali à l'école, reprit le père. Et fais en sorte qu'il arrive avant la cloche. Cette année, nous avons déjà reçu un avertissement concernant ses retards.

– Ce n'est pas ma faute s'il s'arrête à tout bout de champ pour ramasser des cochonneries, marmonna Rodolfo.

– Débrouille-toi pour l'en empêcher. Tout comme toi, ce garçon a besoin qu'on lui remplisse la tête de faits et de chiffres, faute de quoi il restera un hurluberlu à tout jamais. Et veille à ce qu'il ne prenne pas froid. Je n'ai pas envie qu'il retombe malade.

Neftali regarda tour à tour son frère et son père. S'étaient-ils seulement aperçus de sa présence ? Il aurait voulu avoir le courage de dire que ce qu'il ramassait n'était pas des cochonneries. À ses yeux, c'était des choses importantes. Néanmoins, son père avait-il raison de le prendre pour un hurluberlu ?

Alors qu'ils mettaient leurs manteaux près de la porte d'entrée, Rodolfo dit à son jeune frère :

– Tu as entendu Père ? N'oublie pas tes moufles.

Neftali hésita. Il n'aimait pas enfermer ses mains dans des moufles ; elles l'empêchaient de saisir de petits trésors. D'un rapide coup d'œil, il s'aperçut que, de là où il était assis dans la cuisine, son père pouvait le voir. À contrecœur, il tendit les bras et laissa Rodolfo lui enfiler les moufles.

Neftali décrocha ensuite son chapeau préféré, un vieux couvre-chef en toile cirée verte que son père lui avait donné. Quand il le portait, il avait l'impression de s'imprégner de l'autorité paternelle.

– Tu tiens vraiment à mettre ce chapeau ridicule ? lui lança Rodolfo. Tu as l'air d'une cloche !

Neftali se redressa de toute sa hauteur et enfonça davantage le chapeau sur sa tête.

Rodolfo, excédé, leva les bras au ciel :

– Pas étonnant que tu n'aies aucun ami !

Il prit Neftali par la main et l'entraîna dans la rue.

Avec l'agilité d'un crapaud connaissant parfaitement son chemin, Rodolfo sautait de pierre en pierre pour éviter les nappes de boue, tout en tirant Neftali derrière lui.

Au bout d'un moment, Neftali parvint à échapper à son frère et resta en arrêt devant un bouquet de racines noueuses qui affleuraient au pied d'un hêtre.

– Ne lambine pas ! lui ordonna Rodolfo.

Il fit marche arrière, reprit fermement la main de son jeune frère et repartit à grands pas vers l'école.

Neftali s'efforçait d'avancer à la même allure que Rodolfo mais, lorsqu'il aperçut la chaussure esseulée que Laurita lui avait décrite la veille en regardant par la fenêtre, il s'esquiva de nouveau pour aller la ramasser.

Rodolfo le rattrapa, l'agrippa par le bras et le releva de force.

– Quel crétin ! Pourquoi faut-il toujours que tu t'intéresses à n'importe quelle bêtise ? Tu ne peux pas marcher normalement, comme tout le monde ?

D'une bourrade, Rodolfo obligea son frère à avancer. Au bout de quelques mètres, Neftali freina net et pointa l'index vers le ciel.

– Quoi encore ? rouspéta Rodolfo.

Neftali observait un parapluie qu'une bourrasque avait emporté. Complètement hypnotisé, il le regardait tournoyer et virevolter dans les airs.

– Et alors ? Ce n'est qu'un parapluie, commenta Rodolfo. En route !

Lorsqu'ils arrivèrent enfin à l'école, *el viento* s'empara soudain du chapeau de Neftali et le fit rouler, de-ci, de-là, dans la cour de récréation. Neftali s'écarta de Rodolfo et s'élança après son chapeau mais, dès que celui-ci était à portée de main, le vent le poussait un peu plus loin, comme s'il jouait à chat.

Neftali crut entendre le vent hurler de rire. Il ne tarda pas à comprendre que c'était Rodolfo et une bande de garçons qui se moquaient de ses vaines tentatives. Désemparé, il regarda le vent lui voler son chapeau et l'emporter très loin, vers les plus hautes cimes des forêts d'Araucanie.

Conscient d'être la risée de tous, Neftali se redressa et bomba le torse, mais sa belle assurance s'était envolée en même temps que le chapeau de son père.

Sur le perron de la vieille demeure transformée en école, un maître s'avança pour sonner la cloche. Les élèves se précipitèrent vers leurs classes. Neftali voulut suivre le mouvement, mais c'est alors qu'il avisa un scarabée sur une feuille tachetée. Il ôta ses moufles, les jeta de côté et se pencha pour observer l'insecte.

Près de lui, quelqu'un poussa un gros soupir.

– Viens vite, Neftali. Si tu arrives en retard, on aura tous les deux des ennuis.

Le garçon leva la tête et croisa le regard implorant de son grand frère. Ils repartirent, main dans la main.

– Qu'as-tu fait de tes moufles ? demanda Rodolfo.

Neftali se retourna, mais ses moufles n'étaient plus à l'endroit où il les avait laissées.

– Tant pis, déclara Rodolfo. Dépêche-toi, ils sont en train de fermer la porte.

– M-m-mais Père va...

– Bon débarras ! dit Rodolfo en crachant par terre. Maintenant, il ne t'obligera plus à les mettre. Allez, viens !

Neftali courut sur les talons de son frère et s'engouffra dans l'école. Avant d'entrer en classe, il regarda par la fenêtre du hall d'entrée et vit que le vent lui avait aussi volé ses moufles. On aurait dit deux mains fantômes qui s'agitaient dans le ciel chilien pour le saluer.

Où allaient-elles comme ça ? Qui donc allait les porter désormais ?

Tandis que ses moufles s'enfuyaient à tire-d'aile, Neftali eut l'impression qu'un petit morceau de lui avait pris son envol également. Cette part de lui trouverait-elle un jour un ami ? Qu'allait-elle devenir ?

– *Adios*, murmura-t-il en agitant le bras.

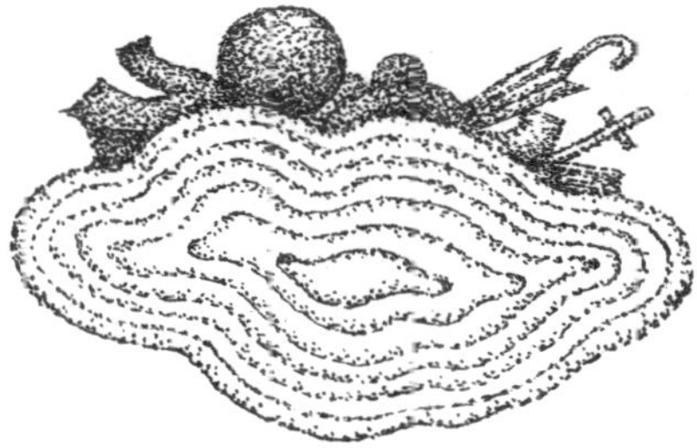

Qu'est-ce que le vent apporte ?

Qu'est-ce que le vent emporte ?

Où se trouve l'entrepôt des objets trouvés ?

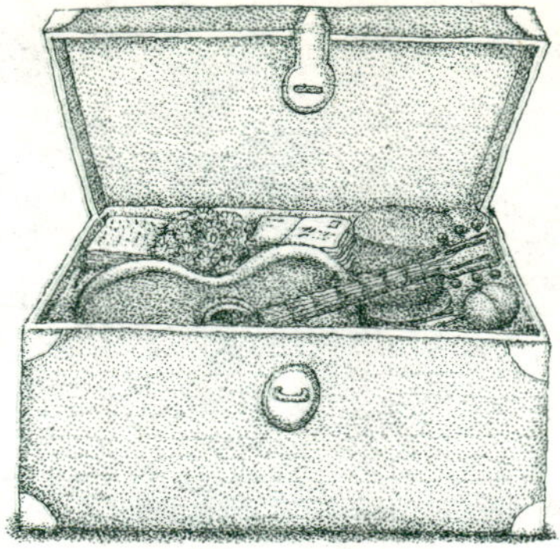

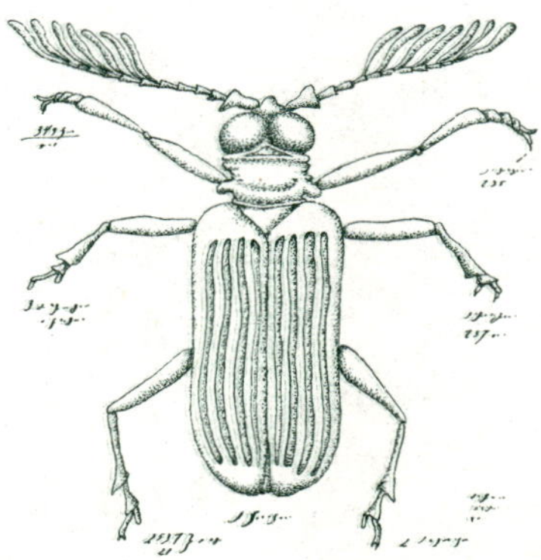

LA BOUE

plic – plic

ploc

yep, yep, yep, yep

ting,

ting,

ting,

ting,

ting

LES NUAGES SE DÉVERSÈRENT un mois durant. Les montagnes glissaient dans les vallées, les maisons baignaient dans des lacs peu profonds, les cailloux et la terre qui retenaient les voies ferrées avaient disparu. José Reyes s'apprêtait à partir superviser les travaux de réparation ; il allait s'absenter plusieurs semaines.

Par la fenêtre, Neftali et Rodolfo le regardèrent s'éloigner de la maison et attendre le train sur le quai de la gare. Les cheminots se rassemblaient autour de lui au fur et à mesure de leur arrivée.

– Père n'a pas son v-v-visage sévère, aujourd'hui, remarqua Neftali. Il a l'air gentil et de bonne humeur.

– Normal, c'est lui le chef, répliqua Rodolfo. Il est content de pouvoir diriger tout son petit monde.

– Mais les autres l-l-l'aiment bien, souligna Neftali. Regarde : ils se mettent tous à rire quand Père lance une plaisanterie.

Rodolfo secoua la tête :

– Toi aussi, tu rirais si tu avais peur de perdre ton boulot.

– Père a b-b-beaucoup d'amis, insista Neftali. Quand il est à la maison, il y a toujours plein d'invités au dîner.

– Ah, oui ! Le grand José Reyes. Plus il y a de gens à sa table, plus il se sent important.

Mais il distribue les invitations comme on se débarrasse de prunes trop mûres.

Rodolfo fit une grimace de dégoût.

– Qu'il reste dans la forêt, ça nous arrange bien !

– P-p-pourquoi ?

– Enfin, Neftali, ne viens pas me dire que tu es heureux quand il est là !

Rodolfo commença à compter sur ses doigts :

– On n'a pas le droit d'aller dans le salon ; on n'a pas le droit de manger tant qu'on ne s'est pas récuré les mains jusqu'au sang ; on n'a pas le droit de faire du bruit ; on n'a pas le droit de chanter ; on n'a pas le droit d'être d'un autre avis que lui. On doit être conforme à ce qu'il veut, c'est tout. Même Mamadre se comporte en servante en sa présence. Nous sommes tous à sa merci. Et plus on grandit, pire c'est !

– N-non, dit Neftali. Pour moi ce ne sera pas pire, parce que je me montrerai moins têtu que toi.

– Parce que tu crois que c'est ma faute ? riposta Rodolfo avec un sourire suffisant. Tu t'imagines que si tu lui obéis, il finira par être content et fier de toi ? *Buena suerte !* Bonne chance ! Attends d'avoir mon âge, tu verras.

Dehors, un coup de sifflet retentit, et le train s'ébranla. Les deux garçons le regardèrent jusqu'à ce que le wagon de queue eût disparu sous le tunnel de verdure.

– J'aimerais tellement aller dans la forêt ! soupira Neftali.

– Tu sais, c'est un long voyage et ça n'a rien de drôle, l'assura son frère. Pourquoi est-ce que tu as envie d'aller là-bas ?

– À cause de... tout ce qu'il y a à voir... Les g-g-grands pins, les perroquets, les aigles. Père a même parlé d'un oiseau capable de prédire l'avenir.

– Oui, le *chucao*. Si tu l'entends chanter sur ta droite, c'est signe de bonheur et de richesse. Si tu l'entends du côté gauche, c'est un mauvais présage : tu n'auras pas de chance dans la vie et tes espoirs seront déçus. On prétend que le *chucao* ne ment jamais. C'est un oiseau très craintif. On l'entend, mais on le voit rarement.

– Moi, je *veux* en voir un. Et je veux aussi découvrir l'autre visage de Père. Son g-g-gentil côté.

Rodolfo secoua la tête, puis il quitta la pièce.

– J'ai envie de... tout voir, murmura Neftali.

~ ~ ~

Les jours et les semaines passèrent. La pluie torrentielle obligeait les gens à rester chez eux, et la boue empêchait les chariots de circuler dans les rues.

Comme il ne pouvait plus accéder aux locaux de son journal, Oncle Orlando vint rédiger ses articles chez Neftali.

Orlando était le plus jeune frère de Mamadre. Il la dépassait en taille mais avait le même visage large et les mêmes yeux sombres et doux, semblables à ceux d'un jeune chien. Neftali adorait regarder son oncle travailler. Il s'installait à côté de lui, à la table de la cuisine, et l'imitait dans ses moindres gestes.

Pendant qu'Oncle Orlando écrivait, Neftali recopiait des mots dans son cahier. Si Oncle

Orlando consultait le dictionnaire. Neftali en faisait autant. Quand Oncle Orlando coinçait son crayon sur son oreille et se levait pour faire les cent pas, Neftali le suivait comme une ombre. Neftali était aussi tenace que la pluie.

Oncle Orlando était là depuis quatre jours. C'était l'après-midi, et tout le monde était réuni dans la cuisine. Mamadre préparait des chaussons aux légumes, Laurita jouait à la poupée par terre, et Rodolfo faisait ses devoirs tout en fredonnant. Quant à Orlando, il écrivait à l'autre bout de la table, au milieu de ses livres et de ses papiers, sous l'œil attentif de Neftali, qui se collait de plus en plus à lui.

– Mon cher neveu, lança soudain Orlando, tu vas bientôt finir sur mes genoux, il n'y a pas assez de place pour deux sur cette chaise ! Tu as l'intention de me regarder écrire cet article de A à Z ?

Neftali posa l'index sur la feuille.

– Qu'est-ce que ça veut dire ?

– « Mapuche » ? C'est le nom des Indiens qui vivent en Araucanie. Nos voisins, en quelque sorte.

Neftali rapprocha son bout de papier et recopia le mot.

– Si tu continues comme ça, reprit Oncle Orlando, je serai obligé de te prendre comme associé !

Neftali hocha la tête avec enthousiasme.

– En tout cas, si je t'embauche un jour, il faudra que je m'habitue à ta respiration. Tu fais un des ces boucans !

Orlando prit Neftali sur ses genoux, le chatouilla et se mit à chahuter avec lui. L'oncle et le neveu ne tardèrent pas à rouler sur le sol de la cuisine. Rodolfo se leva d'un bond et se joignit à eux. Laurita, les voyant se rapprocher dangereusement de ses poupées, poussa de petits cris d'effroi.

Les garçons se séparèrent dans un éclat de rire.

Mamadre les observait, les mains sur les hanches.

– À force de rester enfermés ici à cause de la pluie, nous allons tous devenir fous, dit-elle. Venez, je vais vous faire la lecture au salon.

– M-m-mais on n'a p-p-pas le droit d'y aller, lui rappela Neftali.

– Aujourd'hui, si, décréta Mamadre en souriant.

Pendant que Mamadre et Oncle Orlando préparaient du chocolat chaud, les enfants – y compris Rodolfo – allèrent dans leurs chambres chercher des couvertures qu'ils apportèrent ensuite au salon en gloussant.

Lorsqu'ils furent douillettement blottis, en train de siroter leur boisson, Mamadre alla choisir un livre. Après s'être éclairci la gorge, elle commença à leur lire une histoire qui les transporta au pays des elfes et des princesses.

À la fin du récit, Laurita fit valser sa couverture. Elle se leva comme un ressort et sautilla en rond en chantonnant :

– Je suis une princesse ! Je suis une princesse !

– Tu n'en as pas vraiment l'air, la taquina Rodolfo.

– En effet, appuya Oncle Orlando en se tournant vers Mamadre. Est-ce qu'il n'y aurait pas moyen d'améliorer les choses ?

Sourire aux lèvres, Mamadre alla s'agenouiller devant l'énorme coffre de rangement en chêne cerclé de cuivre.

Laurita, bouillant d'impatience, pressa les mains sur sa bouche. Neftali interrogea du regard Rodolfo, qui haussa les épaules en souriant. Aucun d'eux ne savait ce que renfermait cette malle.

Mamadre souleva le lourd couvercle bombé.

Neftali s'approcha, attiré par l'odeur de vieux vêtements et de bois de cèdre.

Mamadre tira du coffre une pile de robes soigneusement pliées, un manteau en lainage et un chapeau de fourrure, qu'elle tendit à Neftali. Elle trouva ensuite une écharpe vaporeuse, ainsi qu'un jupon en dentelle que Laurita s'empressa d'enfiler par-dessus ses vêtements.

Tandis que la fillette virevoltait dans le salon, Mamadre brandit une guitare. Oncle Orlando s'en empara et commença à l'accorder.

Mamadre sortit aussi un haut de forme, qu'elle offrit à Rodolfo.

Pendant qu'elle s'occupait d'arranger l'écharpe autour du cou de Laurita, Neftali s'approcha du coffre et se pencha pour voir ce qu'il restait à l'intérieur. Tout au fond, il aperçut une liasse de lettres et de cartes postales attachées par un ruban de satin. Combien de milliers de mots recelaient-elles ?

Il se pencha encore, tendit la main pour attraper le paquet... et bascula la tête la première !

Mamadre se retourna brusquement.

– Neftali ?

Une petite voix étouffée lui répondit :

– Je suis là.

Quand Oncle Orlando le repêcha et le déposa sur le canapé, Neftali tenait encore le courrier à la main. Les enveloppes avaient toutes été ouvertes par le haut ; le cachet de cire, toujours intact, qui en scellait les rabats portait l'empreinte d'un cœur. Sur la lettre du dessus, quelqu'un avait écrit le mot «amour» au-dessus du sceau.

Mamadre s'approcha du garçon, lui ôta le paquet des mains et le rangea au fond du coffre, qu'elle referma avec précaution.

– Le couvercle aurait pu retomber sur ta tête ou sur tes mains, lui dit-elle. Et tout ça pour quoi ? Un tas de vieilles lettres et de cartes venant de gens qu'on ne connaît même pas ! Promets-moi que tu ne regarderas plus jamais à l'intérieur de ce coffre !

– C'est p-p-promis, l'assura Neftali en jetant un regard triste et rêveur au meuble.

Oncle Orlando gratta les cordes de la guitare.

– Neftali, dit-il, viens t'asseoir près de moi. En qualité de partenaire, par quoi voudrais-tu qu'on commence ?

– Par une chanson ? suggéra le garçon.

– Entièrement d'accord avec toi !

L'homme posa un pied sur une chaise et la guitare sur son genou.

– Rodolfo ? Nous feras-tu l'honneur de te joindre à nous ? C'est toi qui as la plus belle voix, et de loin !

Orlando se mit à jouer. Rodolfo, en pleine hésitation, jeta un regard interrogateur à Mamadre.

– Ton père n'est pas là, insista son oncle. Et cela me ferait réellement plaisir.

Mamadre approuva de la tête.

Au fond de lui, Neftali avait envie d'entendre son grand frère chanter à pleins poumons.

– V-v-vas-y ! lança-t-il en applaudissant frénétiquement.

Rodolfo sourit et coiffa le chapeau haut de forme. D'une voix timide, il entonna un air de *La Traviata* : – «*Libiamo, libiamo ne'lieti calici che la belleza infiora...*» Buvons, buvons dans ces joyeuses coupes que la beauté fleurit...

Il s'interrompit et, d'un œil inquiet, quêta l'approbation de ses proches.

– Continue ! l'encouragea Orlando. Je connais bien cette mélodie. Mais essaie de chanter plus fort et sur un rythme plus soutenu. C'est un passage plein d'allégresse !

Il joua les premières notes, et Rodolfo recommença au début.

Mamadre et Laurita se mirent à valser.

Neftali se leva et marqua la cadence avec son pied.

Laurita et Mamadre, grisées par la musique, tournoyaient de plus en plus vite.

Neftali n'arrivait pas à quitter son frère des yeux. Le visage de Rodolfo, d'ordinaire maussade et renfrogné, était radieux. Sa voix

de ténor, riche et profonde, semblait faite pour l'opéra.

Rodolfo ouvrit grand les bras et continua de chanter. C'était tellement beau que Neftali était au bord des larmes.

À la fin de l'air, Oncle Orlando fit résonner les cordes de la guitare pour accompagner la toute dernière note que poussa son neveu.

Rodolfo se découvrit et s'inclina en décrivant un grand arc de cercle avec son chapeau. Mamadre et Laurita se jetèrent à son cou.

– B-b-bravo ! cria Neftali.

Dans son souvenir, il n'avait jamais vu son frère et sa sœur aussi heureux, ni entendu

Mamadre rire d'aussi bon cœur. Il s'élança vers eux et les entoura de ses bras, souhaitant que cet instant dure éternellement.

Soudain, Mamadre se raidit. Elle leva une main, la tête penchée sur le côté.

Chacun se tut, guettant le bruit qu'elle avait entendu. Oui, c'était bien cela : un train sifflait dans le lointain. Tous les jours, de nombreux trains passaient par Temuco, mais Mamadre était capable de reconnaître celui de son mari entre mille. Son sourire s'effaça.

Neftali vit Rodolfo blêmir.

– Rassurez-vous, il n'est pas encore là, dit Mamadre. Allez, vite...

Tout le monde s'activa.

Tandis que Rodolfo et Oncle Orlando rangeaient les affaires dans le coffre, Laurita se hâta de ramasser les tasses et les soucoupes. Ses mains tremblaient tellement qu'une des tasses tomba et vola en éclats. La fillette se mit à pleurer.

Neftali s'empressa de la consoler :

– Ce n'est pas grave, Laurita. R-r-rapporte les couvertures dans nos chambres, je m'occupe de ramasser les morceaux.

– Mais, mais..., hoqueta Laurita en écarquillant les yeux.

– Si Père s'en aperçoit, je dirai que c'est moi qui l'ai cassée, enchaîna Neftali.

Après avoir essuyé ses larmes sur son avant-bras, Laurita adressa un gentil sourire à son frère, puis commença à rassembler les couvertures.

Pendant ce temps, Mamadre voletait d'un endroit à l'autre, allant chercher dans la cuisine une nappe pour l'apporter dans la salle à manger, ouvrant ensuite un placard pour en tirer les candélabres à poser sur la table. Attentive et méthodique, elle pliait les serviettes, disposait les verres et les assiettes sans dire un mot.

Quand il eut fini de laver les tasses et les soucoupes, Neftali aida Rodolfo et Oncle Orlando à sortir des chaises supplémentaires.

Il appréhendait déjà de se retrouver en présence de tous ces adultes qui ne manqueraient pas de lui poser une foule de questions.

– Combien f-f-faut-il de chaises ?

– Au moins douze, répondit Mamadre sans lever les yeux. Même si ton père ramène moins d'invités, il comblera les places vacantes avec les premiers venus rencontrés dans la rue. Va te coiffer. Et lave-toi les mains. Il faut que j'aille faire réchauffer *las empanadas y el bistec.*

Des chaussons et du bœuf aux oignons. Neftali en eut l'eau à la bouche. Il espérait que ces délices combleraient le vide qu'il éprouvait depuis qu'il avait entendu siffler le train

– la sensation d'avoir subitement perdu quelque chose.

Il observa Mamadre qui allait et venait, la mine soucieuse et le teint pâle. Qu'étaient devenus ses éclats de rire, ses yeux pétillants et ses joues roses ? Où les avait-elle enfouis ?

~ ~ ~

Une petite heure plus tard, les bottes du père martelèrent le plancher et sa grosse voix se répandit dans toute la maison.

– *Aqui estoy !* Je suis là !

L'homme souffla dans son sifflet de chef de train.

Neftali, Rodolfo et Laurita accoururent et lui présentèrent leurs mains, d'abord côté ongles, puis côté paume. Celles de Neftali étaient encore rouges d'avoir été frottées.

– Satisfaisant, lâcha leur père après inspection.

Alors qu'il se dirigeait vers la salle à manger, la porte d'entrée s'ouvrit à nouveau, livrant passage à une foule d'envahisseurs : cheminots, commerçants, et même un commis-voyageur contraint de passer la nuit à Temuco.

Après avoir sorti quelques bouteilles du buffet, le maître de maison assigna une place à chacun.

Sitôt assis, le dos bien droit et les coudes serrés, Neftali s'absorba dans la contemplation de son assiette afin d'éviter le regard des invités. Discrètement, il souleva la nappe et lorgna avec envie sous la table. Si seulement il avait pu s'y réfugier et rester dans l'ombre, en compagnie des bottes et des souliers !

Son père, en bout de table, se montrait jovial envers ses hôtes, les régalant d'histoires avec autant de générosité qu'il leur offrait *el pan amasado*, le pain fait maison. Ses récits portaient aussi bien sur les percherons que sur les pumas ou sur les Indiens mapuches.

– Où en êtes-vous avec ces Mapuches ? s'enquit le commis-voyageur.

– Nous essayons de les déloger, l'informa un commerçant, mais la plupart ne veulent rien savoir. Les temps sont durs pour ceux d'entre nous qui s'efforcent de développer l'économie de la région et de former une communauté convenable à Temuco.

Orlando s'éclaircit la gorge.

– Les Mapuches vivent ici depuis des centaines d'années. Pour quelle raison devraient-ils quitter leur pays natal ?

Son ton était farouche, ses yeux lançaient des flammes.

Neftali avait toujours admiré l'assurance avec laquelle son oncle exprimait ses opinions. «Aurai-je un jour le courage d'en faire autant?» se demanda-t-il en son for intérieur.

– La présence des Mapuches est indésirable, poursuivit le commerçant. Ils refusent de se plier à notre mode de vie. Ils ne savent même pas lire! Nous sommes obligés d'accrocher une enseigne au-dessus de notre porte pour qu'ils fassent la différence entre un magasin et un autre. Un soulier géant pour la cordonnerie, un marteau géant pour la quincaillerie, une clef géante pour la serrurerie. C'est totalement absurde!

Neftali avait remarqué ces enseignes. Celle qu'il préférait était la chaussure géante.

– Qu'y a-t-il de mal à cela? objecta Orlando. Et pourquoi n'apprendrions-nous pas quelques mots de leur langue? Après tout, c'est nous qui sommes venus nous installer chez eux. Pourquoi devraient-ils vivre et penser comme nous? Pour quelle raison devraient-ils renoncer à leurs coutumes ancestrales?

Ces dernières paroles firent réfléchir Neftali. Il n'arrivait pas à imaginer qu'on puisse le chasser de chez lui, le priver de ses livres et de ses diverses collections. Sans parler de son école et du fleuve Cautín. Il continua à suivre la conversation entre les deux hommes, ses yeux passant de l'un à l'autre. Le ton montait peu à peu.

– C'est le progrès ! s'exclama le boutiquier. Pour moi, il n'y a que le commerce qui compte, et rien d'autre.

– Ah, l'appât du gain ! riposta Orlando. Vous n'avez que de la boue dans la cervelle !

– Attendez une minute, reprit l'autre en dévisageant son interlocuteur. Je vous reconnais : vous êtes le directeur de *La Mañana*, hein, ce journal qui prend fait et cause pour les Mapuches ?

Orlando se mit debout.

Les yeux de Neftali s'agrandirent de peur. Le commerçant était nettement plus costaud que son oncle.

– Messieurs, je vous en prie ! intervint le maître de maison. Ceci est un dîner de famille. Nous aborderons la question des Mapuches à un moment plus opportun.

Oncle Orlando se rassit et croisa les bras.

D'un coup de fourchette, le commerçant harponna un morceau de viande qu'il porta à sa bouche et qu'il mastiqua vigoureusement, tout en lançant des regards furibonds à la ronde.

Tout le monde se taisait.

Mamadre se leva de table. Sa chaise, en raclant le sol, brisa ce silence embarrassant.

José Reyes désigna l'un de ses employés avec sa fourchette :

– Parle donc aux enfants du scarabée que tu as trouvé hier !

Neftali se redressa et tendit l'oreille.

– Je l'ai aperçu sur le tronc d'un *luma*. Il était magnifique ! Avec sa carapace rose, verte, violette et argentée, on aurait dit un bijou vivant ! Quand j'ai essayé de l'attraper, il a filé comme un éclair. Il était là, sous mes yeux, et la seconde d'après... *pffft !* plus rien.

L'homme s'adressa directement à Neftali :

– Est-ce que tu es déjà allé dans la forêt, jeune homme ?

Neftali sentit tous les regards se braquer sur lui. Il savait qu'il devait répondre lorsqu'un adulte lui posait une question, mais il avait l'impression de rétrécir à vue d'œil. Le sang lui monta aux joues.

– N-n-n-n-n-n...

Le mot ne voulait pas sortir. Le garçon fit une autre tentative :

– N-n-n-n-n-n...

Son père s'agita sur son siège et se mit à rougir également.

– Ne faites pas attention à lui, il n'a rien dans la tête. À force de rêvasser bêtement, c'est tout juste s'il est encore capable de parler. Je ne sais vraiment pas ce qu'on va faire de lui !

Totalement paralysé, Neftali garda les yeux baissés. Respirait-il encore ? Il n'en était même pas sûr.

– Il n'y a aucun mal à s'abandonner de temps en temps à la rêverie, soutint Oncle Orlando. Toutefois, un peu d'exercice en plein air et un voyage en forêt feraient sans doute le plus grand bien à cet enfant, histoire qu'il se frotte à la réalité et qu'il découvre la beauté de la nature... avant que les promoteurs n'y touchent. Qu'en dis-tu, mon neveu ? Je suis sûr que cela te plairait, hein ?

Neftali opina timidement de la tête.

– L'année prochaine, peut-être, grogna son père. Quand il aura pris des forces.

Il se tourna vers Mamadre et ajouta :

– Apporte-nous le café. Les enfants, vous pouvez disposer.

Trop content d'être libéré, Neftali se laissa glisser de sa chaise et regagna sa chambre en courant. Tandis que lui parvenaient de loin les conversations assourdies des grandes personnes, il passa en revue ses différentes collections, rectifiant l'alignement des cailloux, des brindilles ou des nids, effleurant chaque objet comme pour s'assurer de sa présence. Les mots de son père résonnaient encore à ses oreilles.

Il n'a rien dans la tête.

Rien dans la tête

C'était absurde. Comment aurait-il pu avoir la tête vide avec toutes ces pensées qui l'encombraient en permanence ?

Il ouvrit le tiroir de la commode et déplia tous ses petits bouts de papier. Puis il les lut à voix haute, en prenant soin de les prononcer parfaitement. Avant de les ranger, il en ajouta un : *luma*.

Plus tard, dans son lit, Neftali tenta de se représenter un scarabée sur un tronc de *luma*. Un scarabée aussi beau qu'un bijou vivant et capable de disparaître en un clin d'œil.

Les paroles de son père continuaient à le hanter.

Neftali aurait voulu que le temps s'éclipse aussi vite que cet insecte multicolore – *pffft!* – pour savoir ce qu'on ferait de lui plus tard.

Quelle est la couleur d'une minute ?

D'un mois ?

D'une année ?

Je suis la poésie,

tapie dans l'ombre

mouchetée de lumière.

Je suis l'entrelacs des racines

et la branche noueuse.

Je suis la symétrie

de l'insecte,

de la feuille,

et de l'oiseau aux ailes déployées.

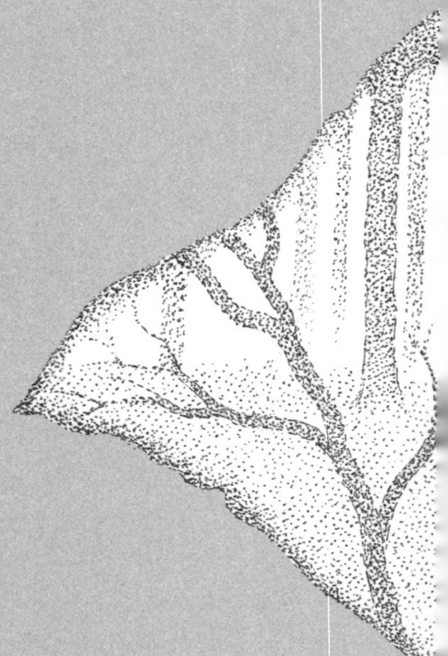

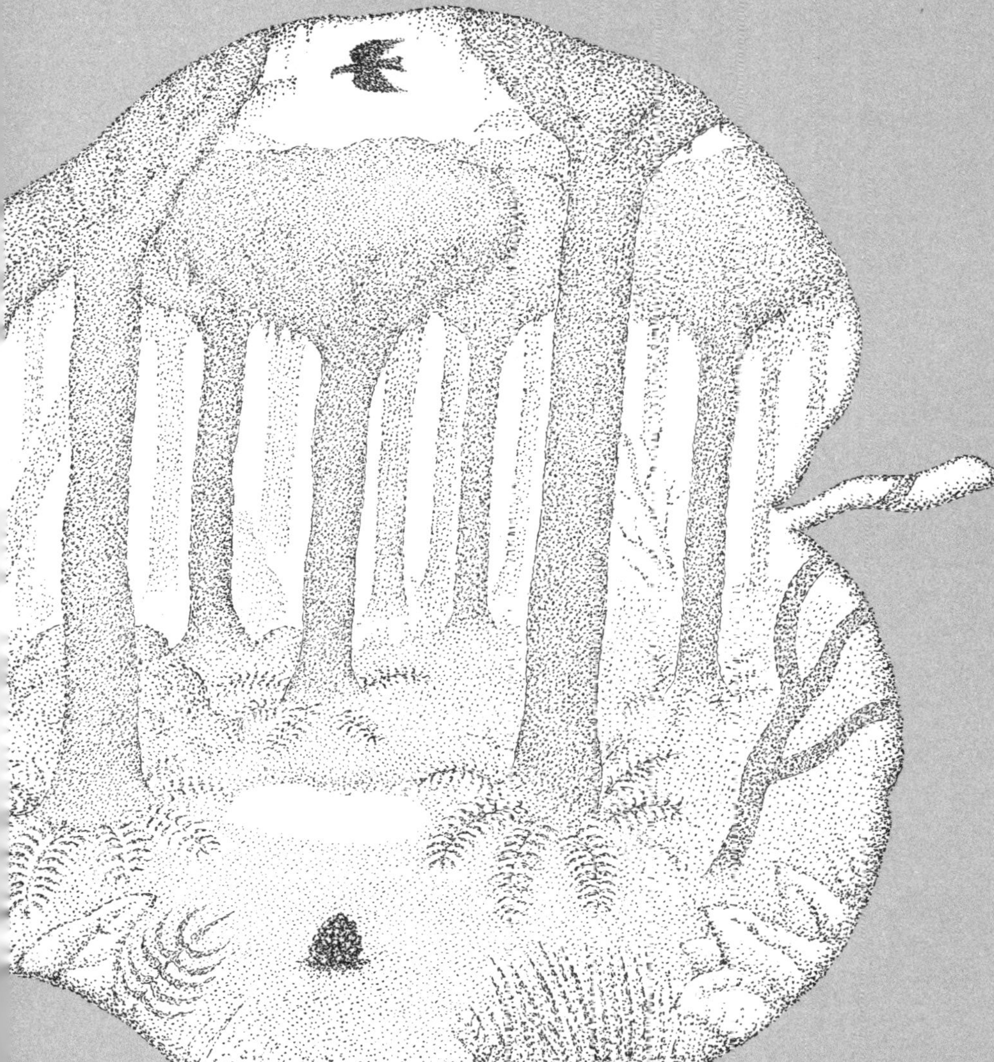

LA FORÊT

– CE NE SONT QUE DES HERBES, Neftali, pas des fleurs, rouspéta Rodolfo. Allez, viens ! Si j'arrive encore en retard à l'école à cause de toi, je le dirai à Père. Et aujourd'hui, je n'ai pas envie de courir.

Neftali s'arrêta de cueillir ces minuscules fleurs printanières qui donnaient à l'air un parfum poivré. Il fourra celles qu'il venait de ramasser dans sa poche et se dépêcha de rattraper son grand frère.

Rodolfo le regarda d'un air sidéré :

– Tu m'obéis à présent ? Incroyable !

– Je ne veux p-pas m'attirer d'ennuis, lui expliqua Neftali. Plus que trois jours et Père m'emmènera en train dans la forêt. Je suis assez grand maintenant. J'ai huit ans. Et j'ai pris des forces, regarde!

Il plia le bras et tenta de gonfler ses muscles.

Rodolfo serra les pans de son manteau.

– Tant mieux pour toi! Moi, ça ne me dit rien d'y retourner.

– C'est normal, Père t'emmène t-t-tout le temps dans la forêt avec lui. Qu'est-ce que tu as vu la semaine dernière?

Rodolfo ne répondit pas. Il se contenta de prendre son cadet par la main et l'entraîna vers l'école, le regard fixé droit devant lui.

– Des oiseaux ? insista Neftali. Tu as vu des oiseaux ?

– Oui, soupira Rodolfo. J'ai vu des oiseaux. J'ai même aperçu un *chucao*. Et je l'ai entendu.

Neftali tira sur le bras de son frère pour l'obliger à faire une halte.

– Comment sais-tu que c'était un *chucao* ?

– Facile ! Son cri ressemble à son nom : *Tchou-kao, tchou-kao !* C'est un oiseau tout petit, avec la gorge rouge. Mais il a une voix très forte par rapport à sa taille.

– Tu l'as entendu à droite ou à gauche ?

– À gauche.

– Et ça t'a porté malheur ?

Rodolfo frotta le sol du bout du pied.

– Un peu.

– Puisqu'il était du mauvais côté, tu n'avais qu'à te retourner en vitesse (Neftali mima le mouvement), comme ça tu l'aurais eu sur la droite, et il t'aurait porté chance !

Rodolfo leva les yeux au ciel.

– Il n'y a qu'un seul moyen d'annuler le mauvais présage d'un *chucao* : il faut enlever un de tes habits – ton chapeau, ta chemise, un soulier – et le remettre aussitôt. Si tu le fais à temps, tu conjures le mauvais sort. Moi, j'ai retiré mon chapeau.

– Et tu as été assez rapide ? Ça a marché ?

– Plus ou moins..., répondit Rodolfo en fronçant les sourcils.

On aurait dit qu'un nuage noir planait au-dessus de lui. Il reprit la main de Neftali et, d'un coup sec, le força à avancer.

– Qu'est-ce qui s'est passé ? Tu t'es fait piquer par un frelon ? voulut savoir Neftali.

– Aucune importance.

– Qu'est-ce que tu as vu d'autre dans la forêt ?

Son frère fit la sourde oreille.

– Il y avait bien *quelque chose*... D-d-des aigles, par exemple. Est-ce que tu as vu des aigles ? Et Père, comment était-il ? Raconte-moi. *Porfa*...

– Arrête avec tes questions ! Si tu continues à m'embêter, je dirai à Père que c'est *toi* qui m'as mis en retard, et tu pourras oublier ta chère promenade en forêt.

« Qu'est-ce qu'il lui prend ? se demanda Neftali. Rodolfo est-il jaloux parce que c'est mon tour de partir en train avec Père, ou bien est-ce qu'il est juste de mauvaise humeur ? »

En arrivant devant l'école, Rodolfo lâcha la main de son frère.

– File dans ta classe, lui ordonna-t-il. Si tu t'imagines qu'une fois dans la forêt, Père va se montrer *gentil*, tu risques d'être déçu. Alors ne te fais pas trop d'illusions.

Sur ce, Rodolfo tourna les talons et s'éloigna, tête basse, les mains dans les poches.

En le regardant s'en aller, Neftali remarqua qu'il boitait.

~ ~ ~

Trois jours plus tard, Neftali se réveilla aux premières lueurs de l'aube. Comme il était beaucoup trop tôt pour se lever, il contempla le plafond, pensant déjà à toutes les choses qu'il allait pouvoir ramasser en forêt.

Peu à peu, les fissures du plafond s'élargirent et laissèrent le ciel pénétrer dans la chambre. Neftali, toujours allongé sur son lit, se retrouva au pied d'un arbre immense. Il se leva, chaussa ses bottes et fit le tour du tronc en comptant les pas afin d'en connaître la circonférence.

– Quarante-trois, quarante-quatre, quarante-cinq...

Il avait beau avancer, avancer, avancer, il ne parvenait pas à revenir au point de départ. Finalement, il décida de grimper à cet arbre gigantesque, espérant atteindre son sommet à défaut de pouvoir en faire le tour complet. Il était déjà haut dans les branches lorsqu'il entendit la voix de son père :

– Neftali ! Tu as dormi avec tes bottes ?

Le garçon dégringola de l'arbre et atterrit sur son matelas.

Son père, vêtu d'une cape gris foncé qu'il n'avait encore jamais mise, se pencha sur lui.

Neftali se redressa et regarda ses bottes.

– J-j-je voulais être prêt, dit-il en sautant de son lit, le cœur battant d'impatience.

– Du calme, lui recommanda son père en riant doucement. Tu as largement le temps de t'habiller et de prendre ton petit-déjeuner. Couvre-toi bien, l'air est frais ce matin.

Neftali montra la cape du doigt :

– C'est n-n-nouveau ?

– Oui, la compagnie me l'a donnée en récompense de mes bons services. Lainage de première qualité. Quand tu seras prêt, rejoins-moi sur le quai.

Sur ce, l'homme sortit à grands pas de la chambre, sa cape se gonflant derrière lui, telle une voile.

~ ~ ~

Quand Neftali arriva dans la cuisine, Rodolfo était déjà assis à table, en train de manger *una marraqueta*.

Un autre petit pain à la confiture attendait Neftali à la place que lui désigna Mamadre.

Laurita, les yeux pleins de sommeil, entra à son tour en traînant sa poupée de chiffon. Mamadre la prit dans ses bras, l'embrassa et l'installa sur une chaise. Elle tendit ensuite un sac à Neftali :

– Tiens, voici pour plus tard. Il y a du pain,

du fromage et des fruits. La journée sera longue, tu vas avoir faim.

– J'aimerais bien prendre le train, moi aussi, dit Laurita.

– Tu es trop petite, lui expliqua Neftali. Il faut être grand comme moi pour partir en voyage. Pas vrai, Rodolfo ?

Rodolfo continua de manger en silence.

Il ne retrouva la parole qu'après le départ de Mamadre, qui dut aller changer Laurita à cause de toutes les taches de confiture qu'elle avait faites sur sa robe.

– Neftali, dit Rodolfo en se penchant sur son cadet. Écoute-moi bien. Quand on part avec

Père, il faut lui obéir au doigt et à l'œil. Surtout ne traîne pas dans les jambes des ouvriers ; ça m'est arrivé une fois, et j'ai dû rester assis dans le train toute la matinée. Ne t'avise pas non plus de leur parler, sauf s'ils s'adressent à toi, sans quoi Père te reprochera de les distraire dans leur travail. Autre chose... et c'est très important.

Rodolfo se pencha davantage et posa la main sur l'avant-bras de son jeune frère.

– Tu m'écoutes ?

Neftali hocha la tête.

– Au premier coup de sifflet, retourne immédiatement au train, de sorte que Père n'ait pas à venir te chercher. Ç'a été mon erreur, la semaine dernière. Au moment de partir, il ne m'a pas vu dans les parages. Quand il m'a trouvé et qu'il s'est aperçu que je lui avais désobéi, il... il m'a... (la voix de Rodolfo se fêla). J'en ai encore les marques. Tu as compris ? Il ne faut surtout pas que Père te surprenne en train de faire quelque chose de... d'interdit.

Neftali sentit son cœur se serrer.

– Qu'est-ce que tu f-f-faisais ?

Rodolfo regarda dans le vague pendant un moment, puis il lâcha le bras de Neftali, repoussa sa chaise et se leva de table. D'une démarche mal assurée, il se dirigea vers la porte, puis se retourna et répondit :

– Je chantais.

Quel est l'outil le plus tranchant ?

La hachette qui écourte un rêve ?

Ou bien la faux qui ouvre
le chemin à un autre rêve ?

Sous son voile de vapeur, le train s'enfonça dans la forêt tropicale en haletant. Tout en regardant par la fenêtre, Neftali réfléchissait aux conseils de Rodolfo. De l'extérieur, il avait suivi à la lettre les instructions paternelles : il avait mis un pull en laine ; il s'était assis dans le sens de la marche, juste à côté de son père ; il n'avait pas gigoté, n'était pas monté sur le banc, n'avait pas adressé la parole aux cheminots, ne s'était pas fait remarquer. Mais à l'intérieur de lui, Neftali ne tenait pas en place ; il trépignait d'impatience et ne cessait de se pincer discrètement pour s'assurer qu'il ne rêvait pas.

Au bout de plusieurs heures, la locomotive s'immobilisa. Tandis que les ouvriers descendaient du train, Neftali suivit son père et pénétra au royaume des conifères.

C'était un monde si nouveau pour lui qu'il fut quasiment pris de vertige. Il n'arrivait pas à tourner la tête assez vite pour absorber tout ce qui s'offrait à ses sens : les minuscules pointes de lumière qui perçaient la canopée, l'exubérance de la végétation sauvage, l'odeur âcre des champignons géants, le parfum tonifiant des pins, les cris soudains et l'envol des perroquets.

Près de lui, son père donnait des coups de sifflet et des ordres à ses hommes, qui s'en allèrent bientôt vers la carrière.

– Une fois la pierre extraite et concassée, expliqua-t-il, les ouvriers la transféreront à la pelle dans des berceaux – ces espèces de hottes que tu vois là-bas –, puis ils la chargeront à bord du train. Un peu plus tard, on déversera cette pierraille sur les portions de voie où le ballast a été emporté par les orages, et les rails seront donc à nouveau «ancrés» au sol.

Fasciné, Neftali hochait la tête tout en regardant les ouvriers soulever les hottes et se diriger vers les wagons, leurs corps robustes déjà luisants de sueur.

– Ne t'éloigne pas, reprit son père. Je te préviendrai quand il sera l'heure de déjeuner.

Sur ce, il s'empressa d'aller surveiller ses hommes.

Neftali était content de pouvoir explorer les environs tout seul. Avec respect, il s'enfonça dans la forêt. Même sans s'aventurer trop loin, il eut l'impression de pénétrer dans une immense cathédrale végétale – dans un monde dépourvu de ciel.

Il s'arrêtait presque à chaque pas pour admirer une nouvelle découverte : le dessous d'une fronde gigantesque, les ailes luminescentes d'un insecte, une plume d'oiseau, une cosse tombée d'un arbre. Peu à peu, ses poches se remplirent de brindilles et d'œufs de perdrix gluants. Il retournait de grosses branches mortes pour observer les trous où nichaient les araignées.

Toute la matinée, le garçon se promena dans la forêt, humant ici et là la senteur des feuilles mouillées, des herbes sauvages ou de la cannelle. À l'aide d'un bâton, il déblaya une bande de terre humide sur laquelle il écrivit des mots qu'il murmura aux arbres – des mots dont la sonorité lui laissait un goût délicieux sur le bout de la langue.

CHUCAO

RAULI

LIANA

LUMA

HIERBA

COPIHUE

MAPUCHE

PUMA

Neftali jeta un coup d'œil autour de lui pour vérifier qu'il n'y avait personne dans les parages. Si son père l'avait vu ou entendu, lui aurait-il reproché son insouciance ? Était-il en train de faire quelque chose de mal ?

Il effaça les mots et, avec le pied, remit rapidement les feuilles et les branchages en place.

Soudain, il perçut un bruissement à l'intérieur d'un tronc d'arbre pourrissant. Il se pencha et vit alors détaler un énorme scarabée cornu. Après un premier mouvement de recul, Neftali s'approcha pour l'observer. Jamais il n'avait vu d'insecte aussi gros ni d'aspect aussi féroce.

– C'est un véritable monstre, hein ?

Neftali sursauta. En levant la tête, il aperçut, juste derrière lui, la silhouette imposante de son père. Il s'inquiéta aussitôt : n'aurait-il pas entendu son coup de sifflet ? Pourtant, son père ne semblait pas en colère.

– C'est un scarabée rhinocéros, lui apprit-il. Il est tellement fort qu'il peut porter un poids huit cents fois plus lourd que lui ! Tu vois cette corne ? Il s'en sert pour combattre ses ennemis. C'est un seigneur.

L'homme donna à son fils une petite tape dans le dos et ajouta :

– C'est bientôt l'heure de déjeuner. Sois de retour au train dans cinq minutes.

Neftali acquiesça et regarda son père s'éloigner, fier et arrogant, se pavanant dans sa cape comme si la forêt lui appartenait.

Neftali se pencha de nouveau sur le scarabée. « Comment un être aussi petit est-il capable de porter des fardeaux monumentaux ? se demanda-t-il, pensif. A-t-il un pouvoir magique ? »

Sous les yeux émerveillés du jeune garçon, le scarabée se mit alors à se contorsionner, à enfler et à grossir au point d'atteindre la taille d'un poney.

Neftali, totalement médusé, se trouva pris sous le regard perçant de deux grosses prunelles noires. Le scarabée rhinocéros commença à s'approcher. Quand il ne fut plus qu'à quelques centimètres du garçon, il replia ses longues pattes de devant et, comme en guise de révérence, baissa sa tête monstrueuse. Puis il poussa un petit couinement.

Chose étrange, Neftali n'éprouva pas la moindre crainte. Il grimpa sur le dos caparaçonné de l'animal et, investi de sa force stupéfiante, chevaucha à travers la forêt.

Qu'est-ce qui se cache

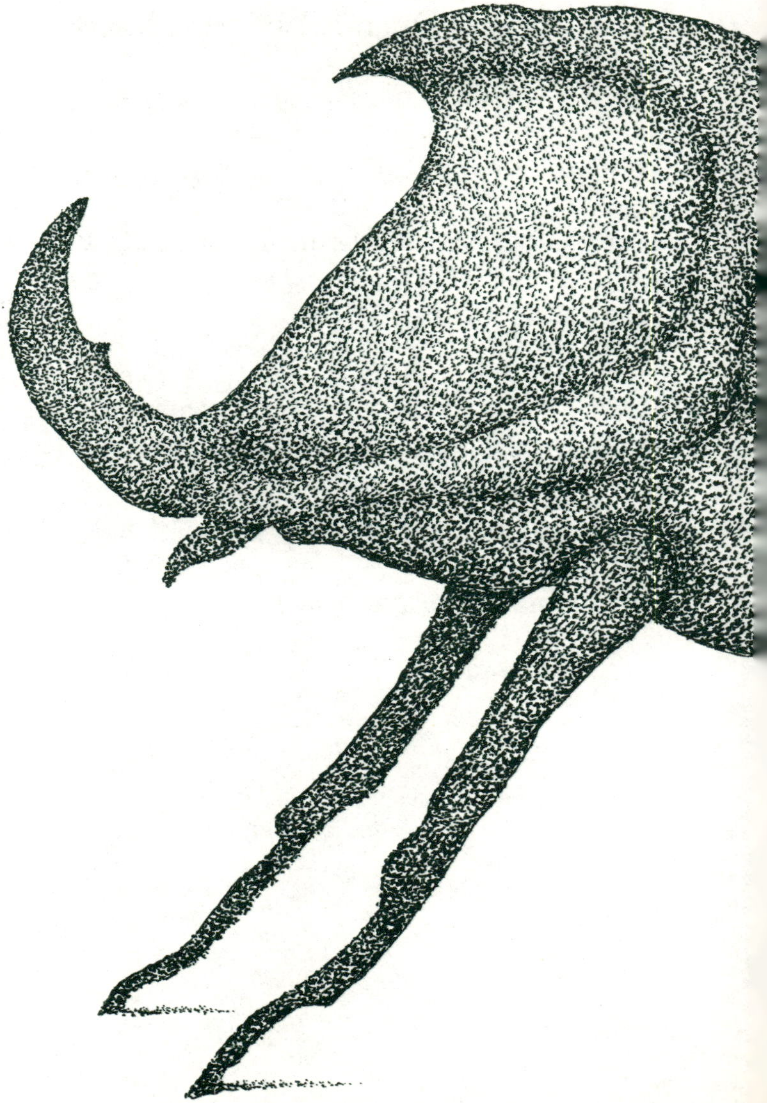

sous cette rutilante armure noire ?

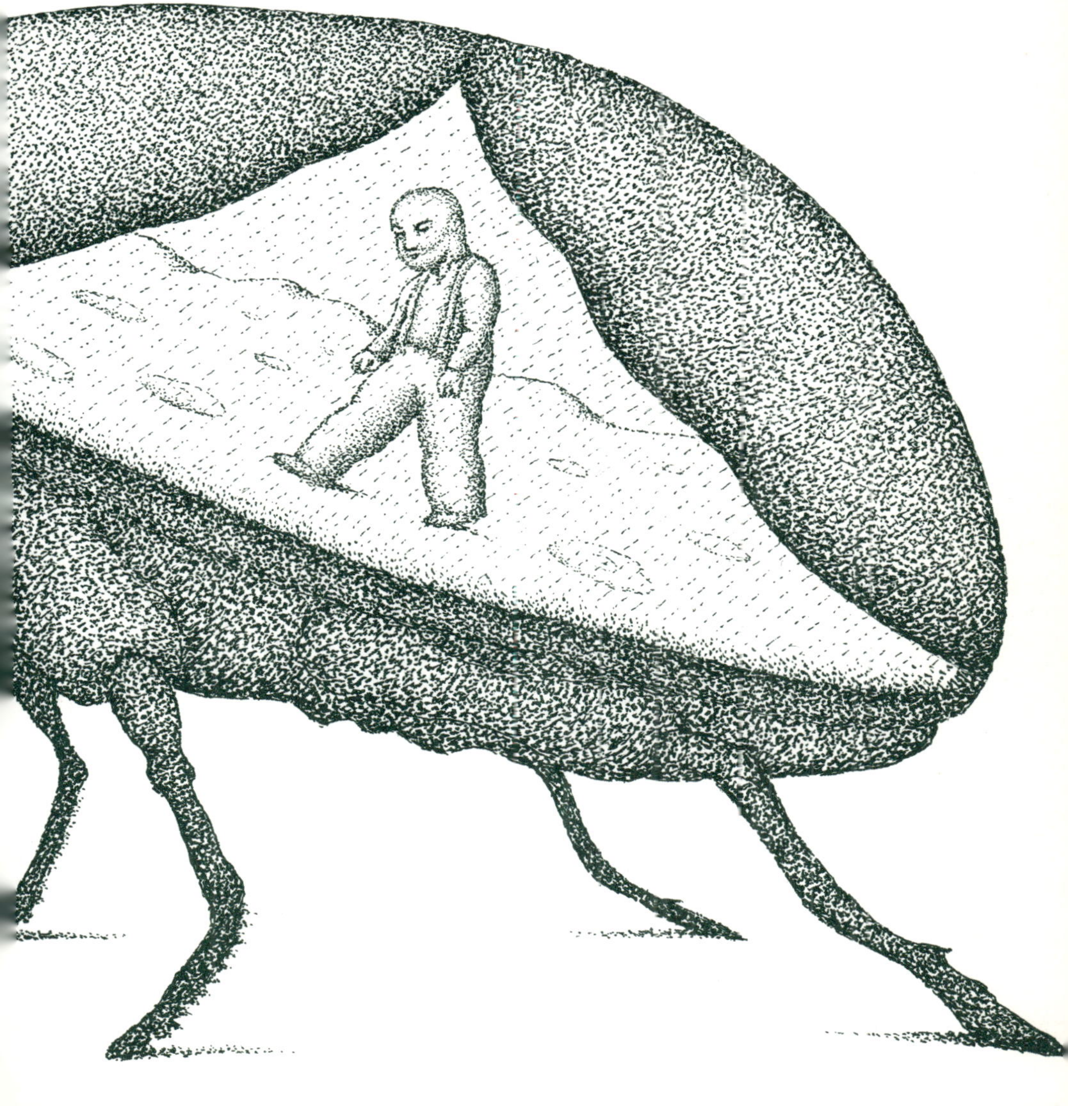

Pendant la pause déjeuner, Neftali s'assit à côté de son père. Autour d'eux, les ouvriers bavardaient et échangeaient des plaisanteries bon enfant.

Leur chef ne tarda pas à participer à ces joyeux échanges. Tout à coup, il s'interrompit et désigna un arbre à proximité.

– Chut ! ordonna-t-il.

Neftali se retourna et découvrit un autre spécimen de scarabée, cette fois de toutes les couleurs de l'arc-en-ciel. Il en eut le souffle coupé. Le bijou vivant !

Tout le monde resta muet d'admiration devant cette merveille de la nature.

Soudain, un perroquet s'envola d'une branche. Le scarabée, effarouché, se mua en un éclair multicolore et disparut en un clin d'œil.

José Reyes donna un coup de coude à son fils :

– C'est ton premier jour en forêt et tu vois une chose pareille ! On peut dire que tu as de la chance.

L'un des hommes se tourna vers Neftali et lui lança une tomate en disant :

– Alors, petit, ça te plaît, la vie du rail ?

Avant que le garçon n'eût le temps de répondre, son père l'entoura d'un bras protecteur et déclara :

– Bien sûr que ça lui plaît ! Après tout, il est fils de cheminot.

Neftali baissa les yeux, un sourire jusqu'aux oreilles. Il venait enfin de découvrir l'autre visage de son père.

– Est-ce qu'il deviendra chef de train, lui aussi ? demanda un autre ouvrier.

– Certainement pas, répliqua le père. Il a d'autres ambitions. Il sera médecin ou dentiste.

Neftali leva des yeux étonnés. Médecin ou dentiste ? Comment son père pouvait-il savoir ce qu'il aimerait faire plus tard alors que lui-même n'en savait rien ?

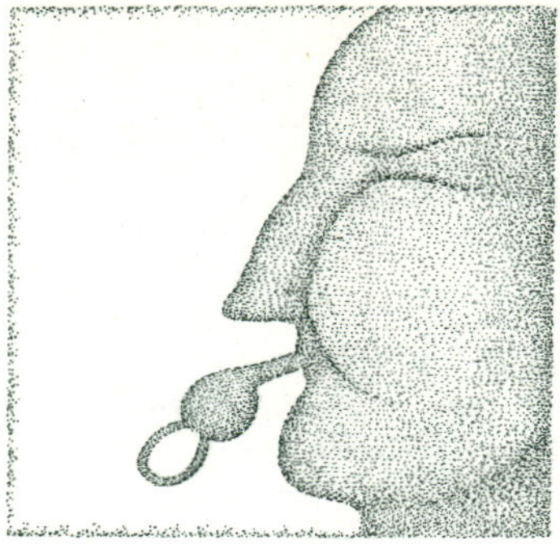

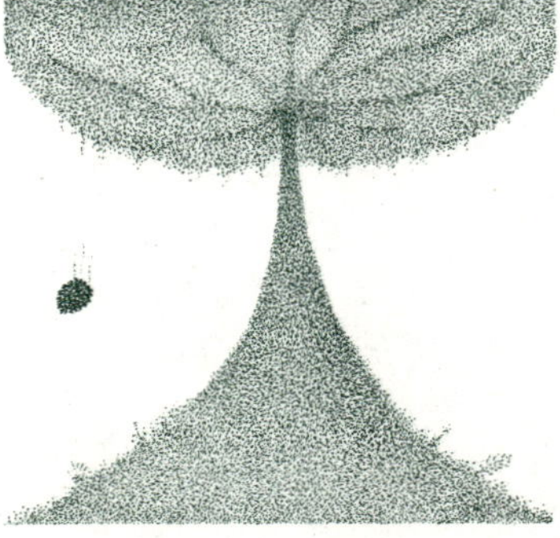

L'ARBRE

TOUT L'APRÈS-MIDI, Neftali explora la grande forêt. S'éloignant de plus en plus du train, il atteignit une petite clairière et s'arrêta devant un pin de taille démesurée. Il le parcourut du regard jusqu'à la cime et se demanda ce que cet arbre voyait de là-haut. Abritait-il tous les secrets de la forêt sous les sombres recoins de ses branches ? Savait-il, lui aussi, ce que Neftali ferait plus tard dans la vie ?

Le garçon fit le tour du tronc tout en inspectant le sol et découvrit plusieurs pommes de pin fermées comme des poings. Poussant davantage ses recherches, il en trouva une très grosse, dont les écailles bien ouvertes se paraient de perles de résine. Il la fit tourner délicatement au creux de ses mains. On aurait dit un carrousel d'ailettes irisées. Puis il la retourna, et les écailles lui évoquèrent alors une cascade d'ombrelles miniatures.

Levant ensuite la pomme de pin à bout de bras, il admira sa beauté et, dans un murmure, remercia l'arbre de lui avoir offert ce trésor.

Quelque chose s'agita soudain dans les branches.

Neftali scruta chaque ramure attentivement, mais ne distingua que le doux frémissement des aiguilles de pin dans la brise. Il resta cependant aux aguets et ne tarda pas à capter de nouveau un léger mouvement.

Un aigle, perché sur une haute branche, braquait son regard perçant sur lui.

Neftali n'osa pas bouger de peur d'effrayer l'oiseau. Il le vit tourner la tête de chaque côté, comme pour évaluer l'étendue de la forêt, puis lisser les plumes de sa gorge et s'ébouriffer. Avec la grâce d'un danseur, l'aigle déploya ensuite ses ailes et, dans un faste de blanc duvet, il s'élança vers le ciel.

Neftali suivit le rapace des yeux jusqu'à ce qu'il fût hors de vue, puis il poussa un profond soupir. Il n'avait personne à qui parler de l'aigle et de la pomme de pin, personne avec qui partager toutes ses découvertes. Il aurait tant voulu avoir un ami, quelqu'un dont il serrerait les mains avec enthousiasme, quelqu'un avec qui il serait capable de parler sans bégayer. Un ami. C'était son souhait le plus cher.

Il se prit à espérer qu'il pourrait même se confier à son père.

Pour cela, mieux valait attendre le trajet de retour en train. Père aurait terminé sa journée de travail, et Neftali se retrouverait seul avec lui, assis à son côté sur le banc. Il aurait alors tout le loisir de lui parler de sa rencontre avec l'aigle et de lui montrer sa pomme de pin.

Le sourire aux lèvres, le jeune garçon quitta la clairière et poursuivit sa marche à travers la forêt. C'est alors qu'il l'entendit.

tchou

tchou

tchou

tchou

KAO

tchou-tchou-tchou-tchou-KAO

tchou-tchou-tchou-tchou-KAO

tchou-tchou-KAO

tchou-KAO

tchou-tchou-tchou-tchou-KAO

Le *chucao* ! De quel côté son cri venait-il ? De la droite, c'était signe de chance et de bonheur. De la gauche, c'était synonyme de malchance et de chagrin. Et cet oiseau ne mentait jamais.

Neftali pivota sur lui-même, mais cela le désorienta complètement. Par prudence, il s'empressa de poser sa pomme de pin par terre, enleva son pull et le remit aussitôt. Après avoir ramassé la pomme de pin, il tendit l'oreille à nouveau.

tchou-tchou-tchou-tchou-KAO

Cette fois, pas de doute, le cri venait de la droite ! La chance était donc avec Neftali.

Peut-être même ses vœux – avoir un ami et l'affection de son père – allaient-ils être exaucés ? Cette pensée le fit sourire. Au moment où il s'apprêtait à repartir, il vit le *chucao* voleter de branche en branche, de plus en plus bas, puis se poser sur un tronc d'arbre abattu, où il se remit à chanter. Rodolfo avait raison : c'était un oiseau tout petit, mais son cri surpassait en puissance tous les autres bruits de la forêt, excepté le sifflet de son père, qui se fit justement entendre à cet instant.

Neftali se hâta en direction du train, mais s'arrêta quand même en cours de route pour ramasser une grosse chenille poilue. Plus tard, il la montrerait à son père et lui demanderait de l'identifier.

Lorsqu'il arriva, les cheminots étaient en train de discuter avec leur chef près de la locomotive. Neftali, chargé de tous ses trésors, s'approcha d'eux à petits pas. Les hommes commencèrent à rire.

Le jeune garçon baissa la tête et s'examina. Ses poches débordaient de brindilles et de lianes. De petites plumes et des feuilles mortes s'échappaient de ses cheveux. Dans une main il tenait sa pomme de pin, dans l'autre la chenille qui se tortillait. À ce spectacle, les cheminots s'esclaffèrent bruyamment.

Neftali constata que son père rosissait d'embarras. Il retint son souffle, accablé à l'idée d'avoir attiré l'attention sur lui. S'était-il comporté en hurluberlu ? Comment son père allait-il réagir à cet affront ?

Après avoir posé la pomme de pin et la chenille sur un rocher, Neftali entreprit de vider le contenu de ses poches de devant : œufs d'oiseaux, feuilles brillantes et charnues, et la pointe d'une queue de renard. Il retira ensuite les bâtons, les brindilles et les lianes qui encombraient ses poches arrière et les jeta de côté. Pour finir, il passa la main dans sa tignasse et en fit tomber une pluie de poussière et d'humus.

Autour de lui, les rires redoublèrent.

Neftali vit le visage de son père se figer et se transformer en un masque de pierre.

– Assez de bêtises ! gronda-t-il. Tout le monde dans le train ! Il est temps de partir.

Sur ce, il se détourna et s'éloigna à vive allure.

Neftali n'avait pas le cœur d'abandonner sa pomme de pin. Il s'en empara en vitesse et la cacha sous son pull avant de grimper dans le wagon. Une fois assis, il se recroquevilla contre la fenêtre.

Un ouvrier s'arrêta à sa hauteur, comme pour lui dire quelque chose, mais avant même qu'il n'eût ouvert la bouche, son chef hurla :

– Ne fais pas attention à lui ! C'est un idiot !

L'homme adressa un petit signe de tête au garçon pour lui marquer sa sympathie, puis continua de remonter la travée centrale.

Après le démarrage du train, Neftali attendit en vain que son père vienne s'asseoir à côté de lui. Il regarda par la fenêtre pendant tout le trajet, serrant la pomme de pin contre sa poitrine et se demandant si, pour la première fois, le *chucao* n'aurait pas menti.

~ ~ ~

Dans sa chambre, Neftali contempla longuement l'autel de ses trouvailles afin d'offrir une place d'honneur à son nouveau trésor. Après avoir réorganisé les rangées de plumes, d'œufs, de feuilles, de nids, de cosses et de brindilles, il fit trôner la pomme de pin en plein centre, telle une reine veillant sur ses sujets. Au cours de ses rêveries, Neftali aimait se dire que chaque objet de sa collection avait un jour croisé une créature qui lui avait raconté une histoire : la feuille veinulée avait reçu les confidences d'une chenille, la brindille celles d'un serpent, la cosse celles d'un renard.

Épuisé par sa longue journée, le garçon s'allongea sur son lit et ferma les paupières.

Cette nuit-là, la pomme de pin partit en voyage avec lui sur une étoile, très, très loin de Temuco.

Quel sage conseil l'aigle murmure-t-il

à ceux qui apprennent à voler?

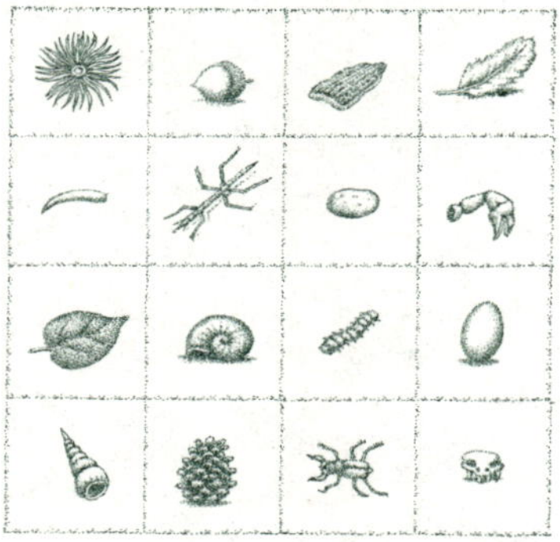

LA POMME DE PIN

NEFTALI ENTENDIT LE PAS LOURD de son père dans l'escalier. Il posa son livre et attendit, espérant qu'on n'allait pas l'appeler. Le bruit de bottes se poursuivit et, ainsi que Neftali le redoutait, un coup de sifflet retentit dans la maison. Le garçon ferma les yeux avec une grimace. Pourquoi ne pouvait-on pas le laisser lire en paix ?

Depuis la journée en forêt, un mois plus tôt, Neftali évitait son père et passait tous ses moments de liberté reclus dans sa chambre, en compagnie des livres de Jules Verne. Il referma *Voyage au centre de la Terre* à contrecœur. Toutefois, au lieu de se précipiter, il prit un malin plaisir à marcher lentement. Il trouva son père en train d'arpenter le salon.

– Neftali, quand je t'appelle, arrive plus vite que ça. Que faisais-tu ?

– Je lisais, Père.

– Tu es maigre comme un clou ! Ce n'est pas en lisant à tout bout de champ que tu gagneras des forces ! Combien de fois te l'ai-je déjà dit ? Tu tiens vraiment à rester un hurluberlu jusqu'à la fin de tes jours ?

– N-non, père.

– Alors profite du beau temps au lieu de t'enfermer ! Va jouer dehors avec les autres garçons, cours, remue-toi, change un peu d'occupation. Frotte-toi aux autres, c'est comme ça qu'on devient un homme !

Sous l'œil implacable de son père, Neftali sortit de la maison et, les mains dans les poches, se dirigea vers une bande de garçons qui jouaient au *fútbol* dans le bas de la rue.

Valeria, l'amie de Laurita, et sa grande sœur, Blanca, arrivaient en sens inverse. Blanca accompagnait souvent Valeria lorsque celle-ci venait à la maison jouer avec Laurita. Neftali ne l'aurait avoué pour rien au monde, mais il trouvait Blanca gentille et très jolie. Il suffisait qu'il la voie, même de loin, pour qu'il rougisse.

Quand les deux fillettes arrivèrent à sa hauteur, Neftali s'empressa de regarder ses pieds.

– Bonjour, Neftali, dit Blanca.

L'espace d'une fraction de seconde, Neftali leva les yeux. Son cœur se mit à battre la chamade. Blanca lui avait souri ! Il aurait aimé lui répondre mais il avait la gorge si serrée qu'il pouvait à peine avaler sa salive. Il poursuivit son chemin, le menton collé contre la poitrine.

Au bout d'une dizaine de mètres, il se retourna et s'assura que les deux sœurs avaient disparu au coin de la rue avant de relâcher bruyamment son souffle. Pourquoi se mettait-il dans un tel état ? Pourquoi n'était-il pas capable de répondre à un simple bonjour ? Blanca avait dû le prendre pour un imbécile ! Est-ce qu'elle lui adresserait encore la parole ?

Pour se calmer, Neftali inspecta les vestiges de la récente tempête. Les flaques d'eau huileuses présentaient des reflets verts et cuivrés, comme les yeux et les cheveux de Blanca. D'un tronc d'arbre calciné pendaient des bandes d'écorce semblables à la jupe plissée de Blanca.

Les petits cailloux que la pluie avait rincés et amassés le long du trottoir étaient aussi blancs et aussi lisses que la peau de Blanca.

Neftali ?

Quelqu'un l'avait-il appelé ? Neftali fit volte-face et aperçut son frère qui jouait au *fútbol* avec Guillermo, le nouvel élève de l'école. Guillermo n'avait qu'un an de plus que Neftali, mais il était de la même taille que Rodolfo, qui était nettement plus âgé. Cet athlète en puissance était arrivé à l'école peu de temps auparavant, mais il s'était déjà bagarré un bon nombre de fois. Neftali espérait que, comme beaucoup d'autres, Guillermo et sa famille ne resteraient que quelques mois à Temuco avant d'aller s'installer ailleurs.

Neftali ?

Voilà que cela recommençait ! Était-ce Rodolfo qui l'invitait à venir jouer ? Neftali courut vers son frère.

À son approche, Guillermo hurla :

– Eh, mais c'est Sac-d'os ! Ne le laisse pas jouer, Rodolfo !

Les yeux rivés sur le ballon, les deux garçons continuèrent à se faire des passes comme si Neftali était invisible.

Ce n'était donc pas Rodolfo qui l'avait appelé. Mais alors qui ?

Neftali balaya la rue du regard mais il n'y avait personne d'autre en vue.

«Père a sans doute raison, se dit-il. Je suis peut-être un hurluberlu. Oui, c'est sûr.»

En baissant les yeux, Neftali avisa un bâton d'une taille idéale. Il le ramassa et rentra en le traînant dans son sillage. Une fois chez lui, il se rendit dans le jardin de derrière et écrivit par terre :

Il examina la maison et la fenêtre de sa chambre, d'où il observait souvent un trou dans la palissade. Il se retourna et avança dans l'angle du terrain afin de chercher ce trou. Après avoir écarté les ronces, il le découvrit enfin, à moitié bouché par un amas de feuilles et de boue qu'il gratta de la pointe de son bâton. Une fois l'ouverture dégagée, il s'accroupit et scruta le jardin voisin.

Les fleurs d'à côté se penchaient aimablement les unes vers les autres, et les arbres tendaient leurs branches feuillues comme pour se donner l'accolade. Même les chardons paraissaient rassemblés tels de vieux amis.

En vérité, ce n'était rien de plus qu'un jardin envahi par les mauvaises herbes.

Neftali éprouva cependant une étrange sensation de picotement, et les poils de ses bras se dressèrent tout droit. Il percevait une présence et crut même entendre quelqu'un inspirer brièvement. Il se recula. Au bout d'un moment, il colla une nouvelle fois son œil à la palissade Rien. Avait-il imaginé un fantôme tellement il souhaitait qu'il y ait quelqu'un ?

Tout à coup, une main d'enfant se faufila par le trou avant de se retirer en vitesse. Neftali fit un bond en arrière, le cœur battant à tout rompre. La petite main réapparut et fit passer par l'ouverture un jouet en peluche. Le garçon s'en saisit. C'était un mouton. Sa laine était feutrée et jaunie, il avait perdu ses roulettes depuis longtemps, mais pour Neftali, cela n'avait aucune importance. Il y avait bien quelqu'un à côté ! Ses pensées s'emballèrent. Était-ce un nouveau venu à Temuco ? Un habitant du quartier ?

Le garçon se sentit dans l'obligation de donner quelque chose en échange. Mais qu'avait-il à offrir d'aussi remarquable, qui pût en outre passer par le trou ?

Il courut jusqu'à sa chambre, en ressortit presque aussitôt et, tout essoufflé, déposa son présent devant le passage qui débouchait sur le monde du mystérieux inconnu. Il perçut alors une discrète exclamation de joie et vit deux mains s'emparer de sa pomme de pin.

Mais il eut beau regarder à travers l'ouverture, il n'arriva à distinguer personne. Il n'entendit qu'un bruit de pas qui s'éloignaient rapidement et montaient un escalier de bois, puis le couinement d'une porte gonflée d'humidité qui se refermait. Cet enfant était-il timide, lui aussi ? Est-ce qu'il – ou elle – attendait que Neftali lui dise bonjour en premier ?

Le mouton serré contre lui, Neftali se précipita vers le jardin côté rue et, accroupi derrière un buisson, observa la maison d'à côté. Personne n'y entra ni n'en sortit. Neftali patienta encore un moment, tout en caressant le mouton, mais en vain.

Finalement, il s'aventura dans le jardin voisin. D'un pied tremblant, il monta l'escalier aux marches inégales. Il avait la bouche sèche et les mains moites. Allait-il pouvoir parler sans bégayer ? Il eut soudain l'impression que ses vêtements avaient rétréci. Il hésita. Et si cet enfant ressemblait à Guillermo ? Non, impossible, se rassura-t-il. Quelqu'un d'aussi généreux ne pouvait être méchant. Il frappa à la porte. À son contact, celle-ci s'ouvrit dans un grincement.

Neftali entra.

Seuls quelques cartons abandonnés ici ou là, parmi les toiles d'araignées et les crottes de souris, rompaient la nudité du sol. Tandis qu'il déambulait dans cette maison désertée depuis longtemps, Neftali n'entendait que l'écho terne et creux de ses pas sur le plancher.

Celui qui lui avait fait ce cadeau aurait pu être n'importe qui.

Qu'est-ce qui pousse dans le noir terreau

de la déception ?

Au fil des saisons, le mouton devint le compagnon préféré de Neftali. À l'automne, il enfouissait la tête dans sa toison pour se protéger des garçons de l'école, qui le poursuivaient en lui jetant des glands.

Pendant les pluies hivernales, Neftali faisait la lecture à son mouton, et tous deux voyageaient dans de lointains pays.

Quand le printemps arriva, au lieu d'apprendre ses leçons de mathématiques, Neftali s'asseyait avec son mouton sous un pommier sauvage, au bord du Cautín, et il s'abandonnait à la rêverie.

Lorsque la chaleur de l'été explosa en gerbes d'or et que la famille projeta de partir au bord de la mer, Neftali plaça le mouton au sommet de la pile d'affaires qu'il comptait emporter.

Des semaines durant, son père ne parla que du « grand projet estival ». Neftali attendait ces vacances avec impatience, certes, mais l'enthousiasme paternel avait quelque chose d'excessif qui le gênait à la manière d'un minuscule aiguillon de méfiance.

Il alla chercher son mouton et le serra contre lui en murmurant :

– N'aie pas peur, *amigo*, je te protégerai.

Je suis la poésie

sillonnant le grand bleu,

appâtant mes proies avec des poissons,

des coquillages et du ciel.

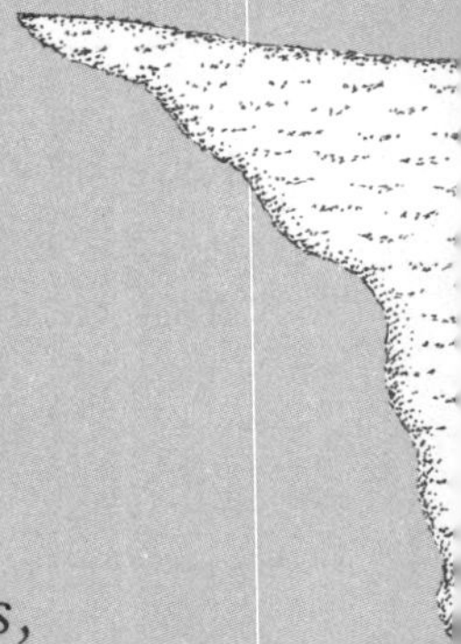

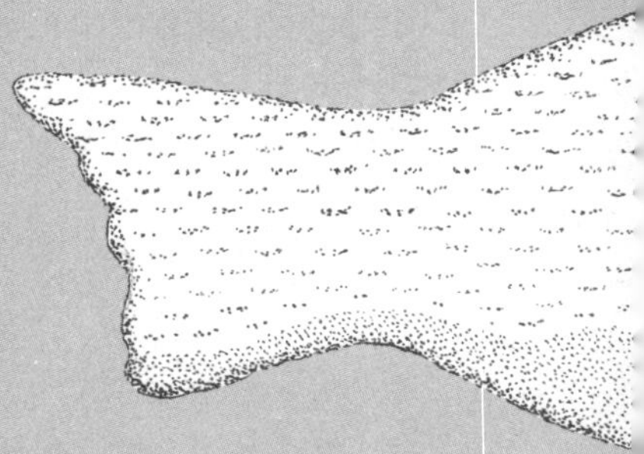

À travers les paupières

de l'océan, je cherche

un cœur sans méfiance.

Regarde.

Regarde-moi.

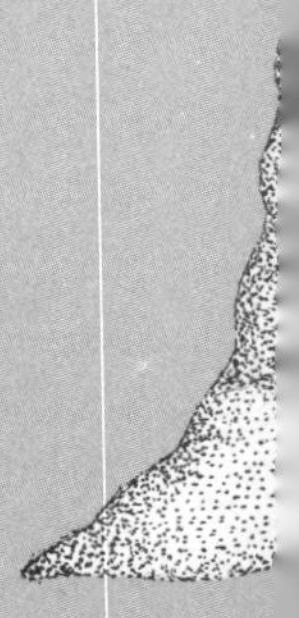

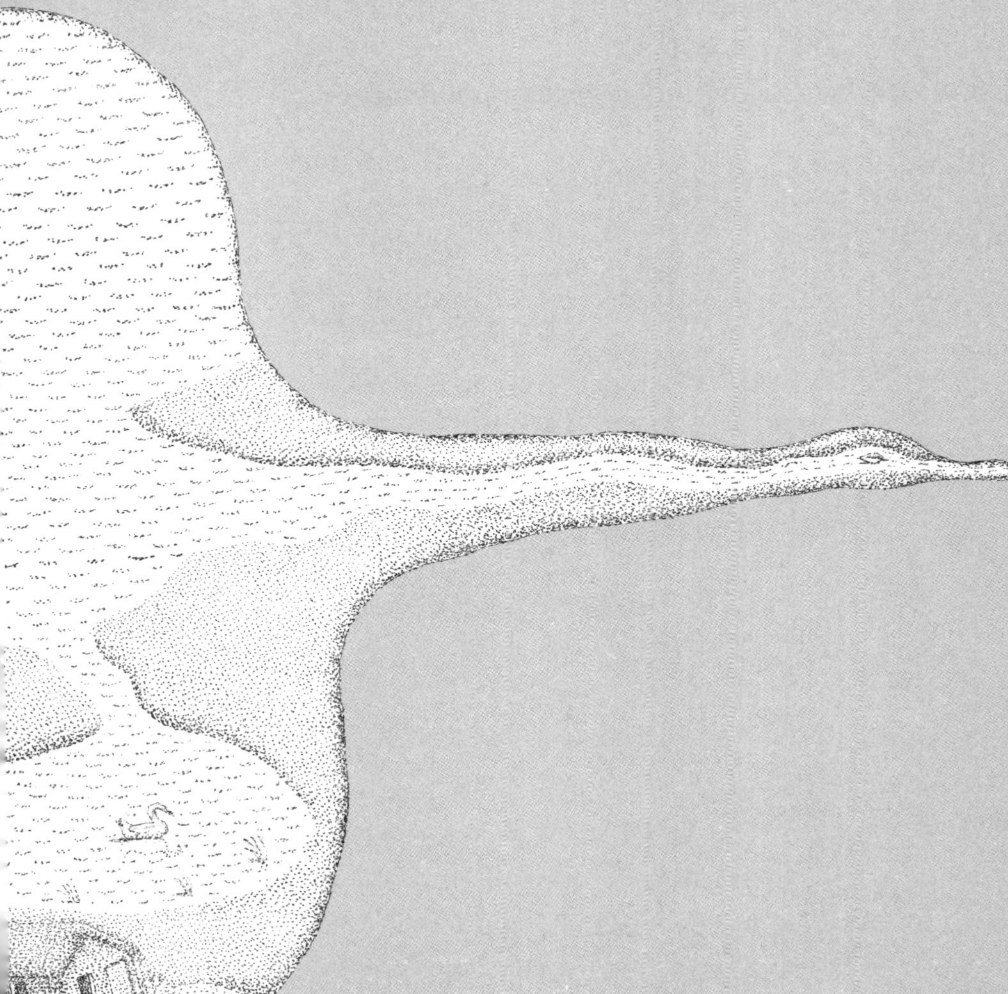

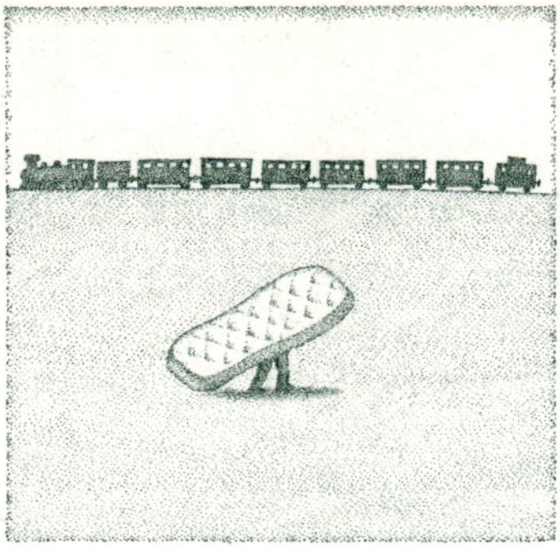

LE FLEUVE

DERRIÈRE LA VITRE, Neftali et Laurita regardaient leur père transporter des caisses et des cartons jusqu'au quai de la gare. Oncle Orlando et Rodolfo, chargés d'un matelas, le suivaient de près.

– P-pourquoi doit-on prendre de la vaisselle et des lits ? demanda Neftali à Mamadre, qui s'affairait à plier et à disposer des couvertures sur le plancher.

– La maison de vacances que nous prête l'ami de ton père n'est pas meublée, alors il faut bien qu'on emporte tout ce qui nous sera nécessaire sur place.

– Pourquoi on part en pleine nuit ? voulut savoir Laurita.

– Parce que nous avons un bateau à prendre avant le lever du jour et que le trajet sera long, répondit Mamadre. Tout d'abor nous irons en train jusqu'à Carahue. Ensuite, nous chargerons nos bagages sur un char à bœufs qui nous amènera jusqu'à l'embarcadère. De là, nous prendrons un bateau équipé d'une grande roue et nous descendrons le fleuve Impérial jusqu'à Puerto Saavedra, qui se trouve au bord de l'océan.

– Mais mes collections… et mes livres? s'inquiéta Neftali.

– Personne n'y touchera, rassure-toi. Toutes les affaires que nous laissons ici, nous les retrouverons à notre retour. Tu peux quand même emporter deux ou trois livres au cas où nous aurions des jours de pluie. Mais rappelle-toi : ton père veut que tu passes un maximum de temps au grand air.

– Oui, p-pour devenir aussi grand et f-fort que Rodolfo, acquiesça Neftali. Dommage qu'il ne vienne pas avec nous. La quincaillerie où il travaille pourrait quand même le laisser partir en vacances!

Mamadre secoua la tête :

– Cela fait trop peu de temps qu'il y est employé. Et ton père s'est donné beaucoup de mal pour lui trouver cette place.

– Mais il n'a jamais été au bord de la mer !

– Bien sûr que si, répliqua Mamadre. Seulement, tu ne t'en souviens pas. Ton père l'y a emmené quand Laurita et toi étiez encore trop petits pour voyager.

– Si Rodolfo ne vient pas, alors il y a de la p-place pour Oncle Orlando ? hasarda Neftali.

– Pour l'instant, ton oncle est débordé de travail à *La Mañana*. Le journal parraine une foire artisanale où seront vendus des objets fabriqués par les Mapuches. Je lui ai déjà donné de l'argent pour qu'il m'achète une couverture. Arrête de te faire du souci. Tu ne t'ennuieras pas puisque tu seras avec Laurita. Et puis... espérons que ces vacances permettront à ton père de bien se reposer.

– Où est-ce qu'on va dormir ce soir, si tous nos matelas sont dans le train ? demanda Laurita en voyant Rodolfo déposer un autre matelas sur le quai.

Mamadre lui désigna les couvertures posées sur le sol :

– Je vous ai préparé un lit d'appoint. Quand il sera l'heure de partir, je viendrai vous chercher.

Lorsque Mamadre fut partie après les avoir installés sur les couvertures, Laurita chuchota à l'oreille de Neftali :

– Tu sais, j'ai peur.

– Peur de quoi ?

– De l'eau. Rodolfo m'a dit que je ne devais surtout, surtout pas aller trop loin, sinon la mer m'avalerait toute crue et on ne me retrouverait jamais.

– Ne crains rien, Laurita. L'océan, on le regardera, c'est tout ! On ne sera pas obligés de se mouiller.

Neftali prit la main de sa petite sœur :

– Allez, dors vite maintenant.

~ ~ ~

L'heure du départ arriva plus vite que prévu. Quand Mamadre vint le réveiller au beau milieu de la nuit, Neftali, grelottant de froid, se trouva complètement désorienté. Une couverture sur les épaules, Laurita et lui se dirigèrent en titubant vers le train où s'entassaient les affaires de la maison. Une fois à bord, Laurita se rendormit presque immédiatement. Mais Neftali était trop excité pour en faire autant. L'océan était-il aussi immense qu'il l'imaginait ? Quelle odeur avait-il ? Était-il calme comme l'eau du bain, ou bien Rodolfo avait-il raison en disant qu'il pouvait avaler un enfant tout rond ? Neftali repensa à la journée en forêt. Il avait espéré y découvrir un père différent de celui qu'il connaissait, et il s'était trompé. Qu'en serait-il au bord de la mer ?

Les vacances et l'air salé allaient-ils transformer son père ?

Le train traversa des tunnels, des ponts et les paysages de l'Araucanie. À la clarté de la lune, Neftali aperçut les vastes champs qui s'étendaient autour de Labranza, dans l'ombre du volcan Llaima. Il distingua aussi les ruines d'un fort espagnol près de Boroa, puis les grandes steppes et les falaises déchiquetées de Ranquilco.

Quand ils arrivèrent au fleuve Impérial, ils embarquèrent sur un bateau à aubes. Neftali et Laurita se blottirent sur une banquette en bois, entre Père et Mamadre. Neftali ne voyait pas grand-chose à cause de l'édredon de brouillard qui les enveloppait. Mais, au fur et à mesure que les heures passaient et que l'aurore approchait, le brouillard se changea en brume, la brume se leva peu à peu, et le monde s'ouvrit en grand.

Un groupe d'Indiens mapuches se tenait sur le pont avant. Ils étaient assis par terre, serrés les uns contre les autres, immobiles, la tête ceinte d'un bandeau aux teintes éclatantes, bien à l'abri sous leur poncho de laine.

Neftali se remémora les paroles de son oncle Orlando. « Les Indiens mapuches vivent ici depuis des centaines d'années. Pour quelle raison devraient-ils quitter le pays qui les a vus naître ? » Cette famille-là avait-elle été chassée de ses terres et forcée de s'en aller de plus en plus loin ?

Neftali se leva et se dirigea vers l'avant du bateau. Pour quelque obscure raison, il se sentait attiré par les ponchos chatoyants et par le silence des Mapuches. Parmi eux se trouvait un jeune garçon aux cheveux mi-longs, dont les yeux et la peau avaient la couleur du miel foncé. Il leva les yeux et fit un signe de tête que Neftali lui rendit avant d'aller s'installer un peu plus loin, juste à la proue, où il contempla le fleuve en silence.

Au bout d'un moment, le jeune Indien le rejoignit.

– *Mari-Mari*, dit-il avec un nouveau hochement de tête.

Neftali ne connaissait pas ces mots. Signifiaient-ils « bonjour » ? Il écarta les mains, paumes vers le ciel, et haussa les épaules. Le garçon fit de même en souriant. Puis ils se tournèrent tous deux face au fleuve qui les emportait doucement.

Le garçon tendit le bras et, d'un ample geste, balaya les cieux gris qui commençaient à s'éclaircir.

Neftali comprit ce qu'il voulait dire. Petit à petit, il écarta les bras pour imiter l'horizon qui se dégageait.

Le garçon acquiesça, se toucha l'oreille, puis tira de sous son poncho un harmonica dont il se mit à jouer.

Neftali sentait sous ses pieds le fleuve respirer lentement, comme s'il cherchait à suivre le rythme mélancolique de la mélodie. Son cœur se gonfla devant tant de beauté et tant d'harmonie. Il avait l'impression d'assister au premier matin du monde. Le jeune Mapuche éprouvait-il la même sensation? Neftali se tourna vers lui, sourire aux lèvres.

Le garçon cessa de jouer, le temps de lui sourire en retour, puis recommença à souffler dans son harmonica.

Tandis que la roue à aubes brassait l'eau, des vaguelettes venaient claquer sur les flancs fatigués du vieux bateau qui craquait et grognait. Tout doucement, Neftali se rapprocha de son nouvel ami.

Quand leurs épaules se touchèrent, le bateau s'arracha des flots. N'emportant à son bord que les deux garçons, il s'éleva dans le ciel et navigua sur un océan de nuages blancs. En lieu et place de la figure de proue, le jeune Mapuche cherchait du regard la route à suivre. Neftali, quant à lui, était la roue à aubes qui les propulsait, tel un esprit des temps anciens.

Neftali plissa les yeux pour retenir ses larmes.

Dans l'immensité des océans,

quelles aventures attendent

le minuscule bateau ?

Le bateau accosta à Puerto Saavedra dans le flamboiement du soleil matinal. Neftali se pencha par-dessus le bastingage pour observer les manœuvres d'amarrage. Lorsqu'il se retourna, son ami avait disparu. Sans lui, il se sentit soudain perdu au milieu de cette nuée de passagers pressés de mettre pied à terre. Il se dépêcha de rejoindre Mamadre, son père et Laurita.

Après qu'ils eurent descendu la passerelle, Mamadre les conduisit vers un cheval et son chariot qui attendaient un peu plus loin. Pendant que son père chargeait les bagages, Neftali ne cessait de scruter la foule dans l'espoir de repérer le jeune Mapuche.

Ne le trouvant pas, il se mit alors à surveiller, une à une, les personnes qui quittaient le bateau.

Ce n'est qu'après être monté sur le chariot prêt à partir que Neftali entraperçut enfin son ami qui s'éloignait dans une certaine direction en compagnie de sa famille.

Père fit claquer les rênes, et le chariot s'ébranla dans la direction opposée. Neftali se retourna une dernière fois. Son compagnon de voyage ne souhaitait-il pas lui dire au revoir ? N'avait-il pas senti, lui aussi, combien ils étaient proches ? Avait-il seulement essayé de le chercher de son côté ?

Quand les Mapuches furent pratiquement hors de vue, Neftali vit soudain le garçon se libérer de la main qui le tenait et se détourner pour parcourir le quai du regard.

Neftali agita la main avec frénésie.

Le jeune Indien fit de même.

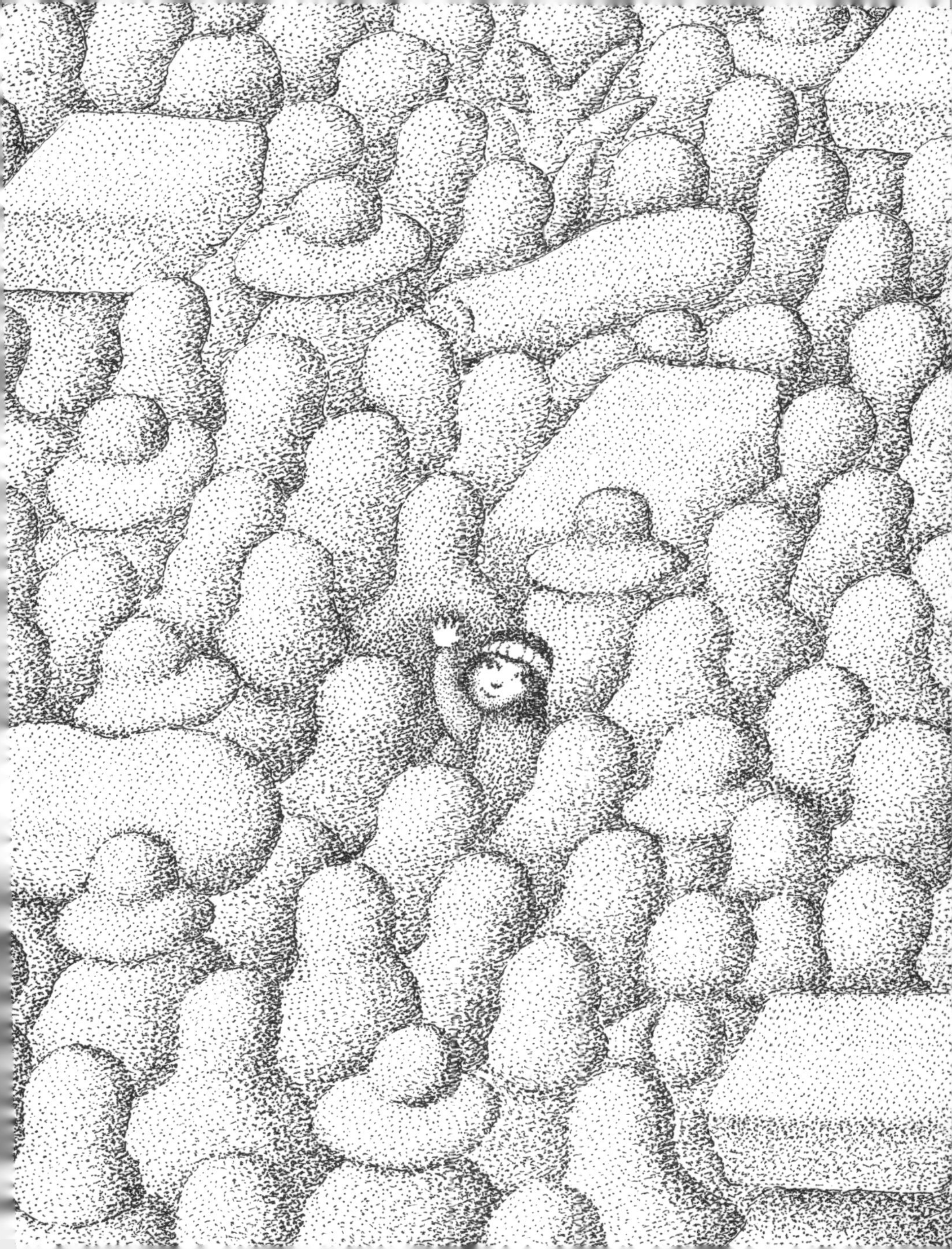

L'OCÉAN

LE CHEVAL AVANÇAIT avec lenteur sur la route poussiéreuse. Finalement, il s'arrêta devant un groupe de maisons aux toits rouges qui surplombaient le fleuve. Père en montra une de l'index, puis aida Mamadre à descendre du chariot.

– Où est la mer ? voulut savoir Laurita.

– Tout près d'ici. Nous ne sommes pas loin de l'embouchure du fleuve qui se jette dedans, lui expliqua son père en désignant une colline. Le vaste océan Pacifique est là, juste derrière. Écoutez !

Neftali perçut alors un murmure chuintant, qui allait croissant et décroissant, tel le ronflement de quelque géant.

– Est-ce qu'on p-peut aller voir ? demanda-t-il.

– D'accord, mais ne dépassez pas le sommet de la colline, lui répondit son père en déposant Laurita à terre. Rappelez-vous que nous avons toutes nos affaires à décharger.

Neftali et Laurita partirent en courant et gravirent la colline. Arrivés tout en haut, entre les falaises de Huilque et de Maule, ils s'arrêtèrent.

Neftali resta bouche bée à la vue de cette variété de couleurs et de la gracieuse courbure de l'horizon. La hauteur des gerbes blanches que formaient les vagues en se brisant sur les rochers, la vaste étendue de sable, ce parfum de sel et de poisson qui flottait dans l'air, dépassaient tout ce qu'il avait imaginé. Il demeura là, fasciné, conscient de sa petitesse et de son insignifiance, et cependant persuadé de faire partie d'un Grand Tout. Laurita s'appuya contre lui. Le vent fouettait leurs cheveux.

Peu après retentit un coup de sifflet. À ce signal, les deux enfants se dépêchèrent de redescendre la colline.

Leur père, debout près du chariot, se tapota le torse.

– L'air marin est vivifiant, non ?

Neftali et sa sœur approuvèrent de la tête.

Ensuite, Mamadre leur tendit des cartons à porter, et ils firent la course pour savoir lequel des deux arriverait le premier à la maison.

Alors qu'ils retournaient au chariot, ils croisèrent leur père. Aussi fort que trois hommes réunis, il portait sur son dos un gros matelas.

Neftali s'immobilisa et attrapa Laurita par le bras.

– Tu as entendu ? lui demanda-t-il. Père sifflotait !

– Oui, peut-être, répliqua sa sœur.

Pour sa part, Neftali en était sûr et certain. De plus, son père souriait.

L'installation de la maison se termina en fin de matinée. Avant même qu'ils n'aient le temps de supplier leur père d'aller voir l'océan de près, les enfants l'entendirent déclarer :

– Mettez-vous vite en maillot de bain, nous partons à la plage ! Nous avons beaucoup de choses à faire là-bas.

Neftali et Laurita, main dans la main, se mirent à sautiller de joie.

Neftali songea qu'il avait effectivement des tas de choses à faire : bâtir des châteaux de sable, ramasser des coquillages, chercher des morceaux de bois flotté...

Mamadre, souriante, les accompagna dans la chambre. Tout en se changeant, Neftali avait du mal à contenir sa joie. Apparemment, cet endroit avait le don de mettre son père de bonne humeur. C'était peut-être *ici* qu'il allait pouvoir lui faire partager ses découvertes. Peut-être qu'*ici*, son père le comprendrait enfin.

Sur le chemin de la plage, Neftali courut en avant, puis se retourna pour regarder les autres. Mamadre avait défait son chignon, et ses cheveux flottaient au vent comme ceux d'une jeune fille. Père avait retroussé son pantalon afin de marcher pieds nus dans le sable. L'un de ses bras servait de porte-serviettes, l'autre tenait un panier. Laurita n'arrêtait pas de trotter autour de lui, sans crainte de remontrances. «Est-ce que ce sont les mêmes personnes qui vivent avec moi à Temuco?» s'interrogea Neftali.

Il s'élança au-devant de sa famille et donna la main à Mamadre. Son père se remit à siffloter, et il en fit autant.

À chaque pas, le bruit de l'océan s'amplifiait. Bientôt Neftali n'entendit plus les sifflements de son père, ni même les siens. Le doux murmure que l'on percevait de l'autre côté de la colline s'était transformé en un grondement répétitif et assourdissant.

GRRROMMM

Shouffffffff

Criiiiissshhhh

GRRROMMM

Shouffffffff

Criiiiissshhhh

Shouffffffff

Criiiiissshhhh

Shouffffffff

Criiiiissshhhh

GRRROMMM

Shouffffffff

Criiiiissshhhh

Pendant que Mamadre déballait le pique-nique, Neftali demeura debout face à l'océan, comme s'il assistait à un spectacle grandiose dont il aurait été l'unique spectateur. Il aimait la manière dont les vagues s'inclinaient vers lui. Il admirait la danse hésitante de l'écume qui ballottait sans cesse d'avant en arrière.

Soudain, Laurita le tira par le bras :

– Regarde ce caillou ! On dirait un petit chat tigré !

Elle se pencha pour le ramasser.

Neftali courut vers l'eau.

– Viens vite ! cria-t-il à sa sœur. J'ai trouvé une maison de m-mollusque ! Et aussi un minuscule squelette d'oiseau, exactement comme dans l'encyclopédie de l'école.

Laurita le rejoignit à toutes jambes.

– Fais voir !

Ils se montrèrent leurs trouvailles respectives, après quoi Laurita partit inspecter une mare au creux des rochers.

– Qu'est-ce que c'est que ça ? demanda-t-elle en brandissant une pelote de fil au sein de laquelle brillait un étrange objet.

Neftali se précipita vers elle.

– L-lâche ça, Laurita ! C'est dangereux. C'est une ligne qui a dû se détacher d'une canne à pêche. Rodolfo m'en a montré une, une fois, au bord de la rivière. L'hameçon qu'il y a au bout est terriblement pointu, si tu mets le doigt dessus, tu vas s-saigner.

La fillette écarquilla les yeux, reposa prudemment le fouillis de fil sur le haut d'un rocher, puis s'en alla ramasser des coquillages.

Neftali contempla l'immense étendue de sable lisse et humide. À l'aide d'un bâton, il traça son nom dans le sable. Mais comme il ne pouvait pas se contenter de son seul nom, il se mit à écrire: *Laurita, Mamadre, Père, Rodolfo, Oncle Orlan...*

– Neftali ! Neftali ! Neftali ! Neftali !

En levant les yeux, le garçon aperçut son père, les poings sur les hanches, et Laurita qui se tenait sagement à côté de lui. Depuis combien de temps l'appelait-il ? Neftali lâcha son bâton en toute hâte.

– C'est parce que tu as trop de brouillard dans le crâne que tu ne m'entends pas hurler à un mètre de toi ? Sois un peu plus attentif, voyons !

– O-oui, Père, répondit Neftali en regardant le sable. C'est juste que j-je m'entraînais à écrire.

L'homme ne jeta même pas un coup d'œil aux mots gravés dans le sable.

– Suivez-moi, dit-il. Nous avons du travail.

Sur ce, il se dirigea à grands pas vers l'océan.

– Quel travail ? demanda discrètement Neftali à sa sœur, tandis qu'ils marchaient tous deux derrière leur père.

Laurita haussa les épaules.

Arrivé à la lisière de l'eau, leur père s'arrêta et s'éclaircit la gorge, comme s'il se préparait à faire un discours.

– Cet été, vous apprendrez à maîtriser l'élément liquide, ce qui vous sera très utile. La mer fortifie les muscles des jambes. Et une fois dans l'eau, vous ne penserez à rien d'autre. Vous devrez vous concentrer – ce qui est exactement ce qu'il te faut, Neftali. Quant à toi, Laurita, je trouve que tu commences à ressembler beaucoup trop à ton frère. Avec un peu de chance, cet exercice vous ouvrira l'appétit et vous vous développerez convenablement. Allez, au bain ! Tous les deux.

Neftali contempla le gigantesque océan, puis se tourna vers Laurita, si petite, si innocente, avec sa main pleine de coquillages. Avait-il bien compris ? Son père voulait-il réellement qu'ils entrent dans l'eau sans lui ? Même au bord, la mer était agitée. Et plus loin, les vagues étaient carrément plus grandes qu'eux.

Neftali regarda son père :

– N-n-n-non.

Son père se frotta les mains en souriant.

Neftali se sentit pris de nausée. C'était donc cela, le grand projet de l'été !

– Nous viendrons ici tous les jours, déclara José Reyes. Cela vous fera le plus grand bien. Et si j'estime que vous ne nagez pas assez loin, vous resterez dans l'eau plus longtemps. Maintenant, allez-y et nagez jusqu'à mon coup de sifflet. Obéissez !

À son corps défendant, Neftali prit sa sœur par la main. Rodolfo leur avait appris à nager dans un bras du fleuve, près de chez eux. Mais la mer était beaucoup plus impressionnante.

Et Laurita n'était encore qu'une débutante. Neftali l'attira tout contre lui et avança lentement vers les vagues. Tous les deux ou trois pas, il se retournait pour implorer Mamadre du regard. Mais la seule fois où leurs yeux se croisèrent, Mamadre s'empressa de baisser la tête et fit mine de chercher quelque chose dans le panier. Était-elle au courant des intentions de leur père depuis le début ?

Craintifs et tremblants, Neftali et Laurita continuèrent à s'approcher du terrible océan à pas de souris.

Laurita s'accrochait de plus en plus fermement au bras de son frère. Lorsque les premières vaguelettes frappèrent leurs chevilles, ils hurlèrent de froid. Neftali fit face à son père et le supplia en silence de les autoriser à regagner la plage et son sable rassurant.

L'homme se contenta de sourire et d'applaudir.

Neftali savait qu'il n'avait pas le choix. Traînant Laurita derrière lui, il fit quelques pas de plus. L'eau ne lui arrivait qu'aux genoux, mais il avait l'impression qu'un monstre essayait de l'engloutir tellement les remous étaient forts. Rodolfo avait vu juste. Père l'avait-il obligé, lui aussi, à affronter ces flots hostiles ? L'océan allait-il les avaler tout crus et les entraîner dans la mort ?

Alors que les vagues leur fouettaient les cuisses, Laurita trébucha. Neftali la rattrapa de justesse.

– C-c-cramponne-toi ! souffla-t-il.

Ils reçurent une vague en pleine poitrine, et Laurita s'enfonça dans les eaux sombres. Neftali la releva d'un coup sec. La fillette, suffocante, se mit à pleurer.

Neftali se tourna de nouveau vers son père. « Maintenant il va nous rappeler, c'est sûr », se dit-il. Mais son père tendit le bras vers le large.

Encore une fois, Neftali chercha Mamadre du regard. Elle se tenait à présent debout sur

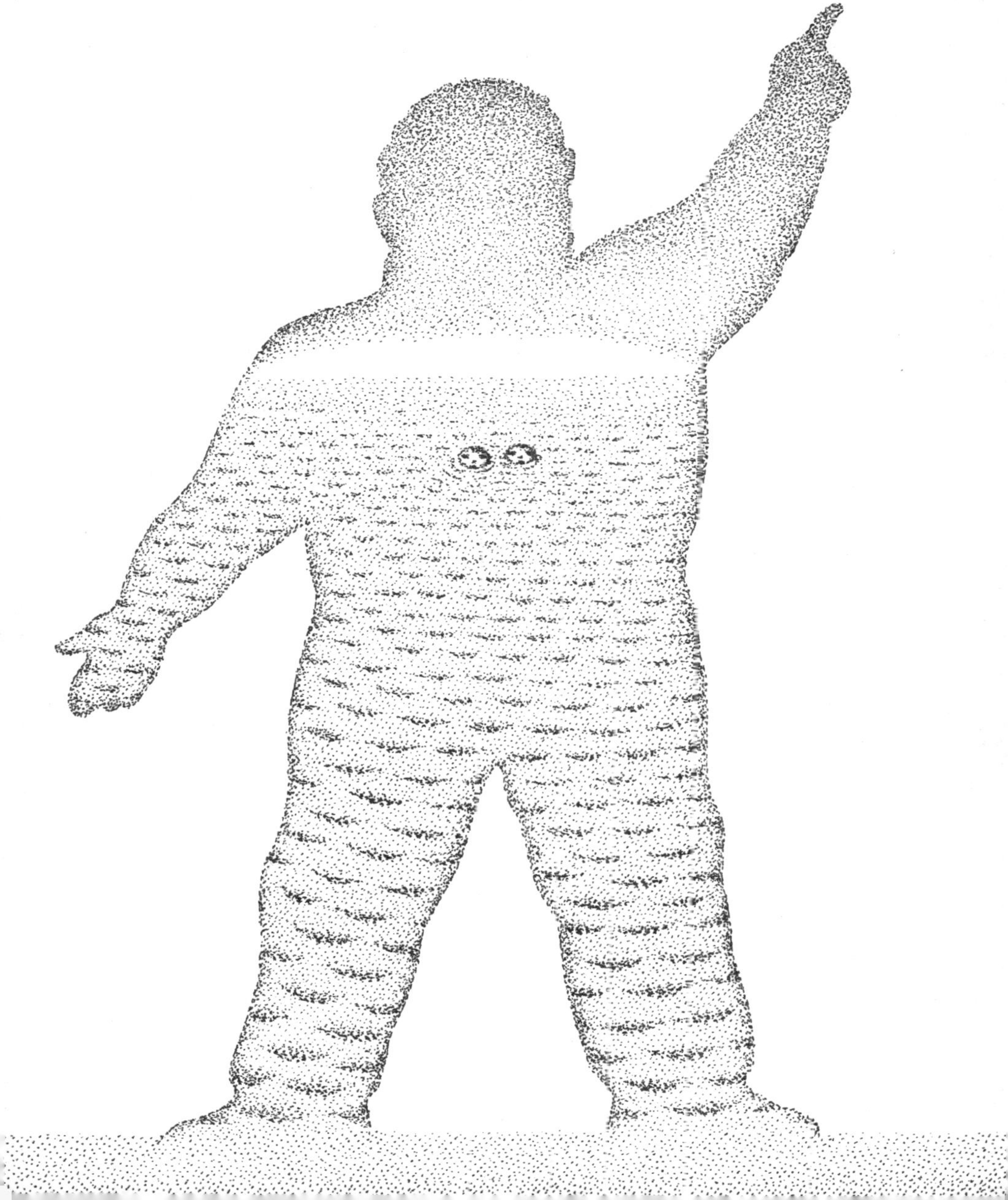

la plage et elle les observait, une serviette à la main, le visage tordu d'inquiétude. Pourquoi ne leur faisait-elle pas signe de revenir ? Pourquoi ne hurlait-elle pas : «*Basta, no más !*» Assez, ça suffit !

Une autre vague arriva. Si forte, celle-là, que Neftali fut totalement submergé. L'eau salée lui remonta dans le nez. Il essaya d'ouvrir les yeux mais ne distingua qu'une multitude de bulles blanches. Il sentit la main de Laurita le chercher à tâtons. Ses pieds touchèrent enfin le sable et il émergea d'un bond, toussant et crachotant. Il empoigna Laurita, l'attira à lui et la hissa hors de l'eau.

Même s'il n'avait pas entendu de coup de sifflet salvateur, Neftali décida de faire demi-tour. Il regagna la plage en titubant. Laurita, folle de terreur, collée à lui tel un chaton.

Mamadre se précipita à leur rencontre et prit la fillette dans ses bras.

Son père leva les yeux au ciel et déclara avec sévérité :

– Demain, vous resterez plus longtemps.

Sans un mot, Neftali s'enveloppa dans une serviette et s'éloigna en direction de la maison.

– Neftali ! cria Mamadre.

Il ne lui répondit pas.

De loin, il entendit son père lâcher :

– Laisse-le partir. Du moment qu'il rentre avant la tombée de la nuit, il n'y a pas à s'inquiéter. Cela lui fera du bien d'escalader les dunes. Ce garçon n'a que la peau sur les os, il a besoin de se muscler.

Neftali jeta un coup d'œil en arrière. Son père se tenait debout, les bras croisés ; Mamadre consolait Laurita.

Il poursuivit son chemin, la tête pleine de pensées qui s'amplifiaient à chaque pas. «Je suis très bien comme ça, pourquoi faudrait-il que je change ? Je ne vois pas en quoi une baignade quotidienne dans cet océan épouvantable me rendra plus fort. Pourquoi Père est-il aussi cruel ?

Et pourquoi Mamadre ne fait-elle rien pour l'arrêter ? Est-elle au service de tous ses caprices ? Sommes-nous tous à la merci de cet homme ? »

Mû par une rage qu'il ne connaissait pas, Neftali partit à l'assaut des dunes. D'où lui venait ce sentiment ?

Était-ce l'océan qui le lui avait insufflé ?

Quand on démêle
une ligne de pêche,
que trouve-t-on
au bout de l'hameçon ?

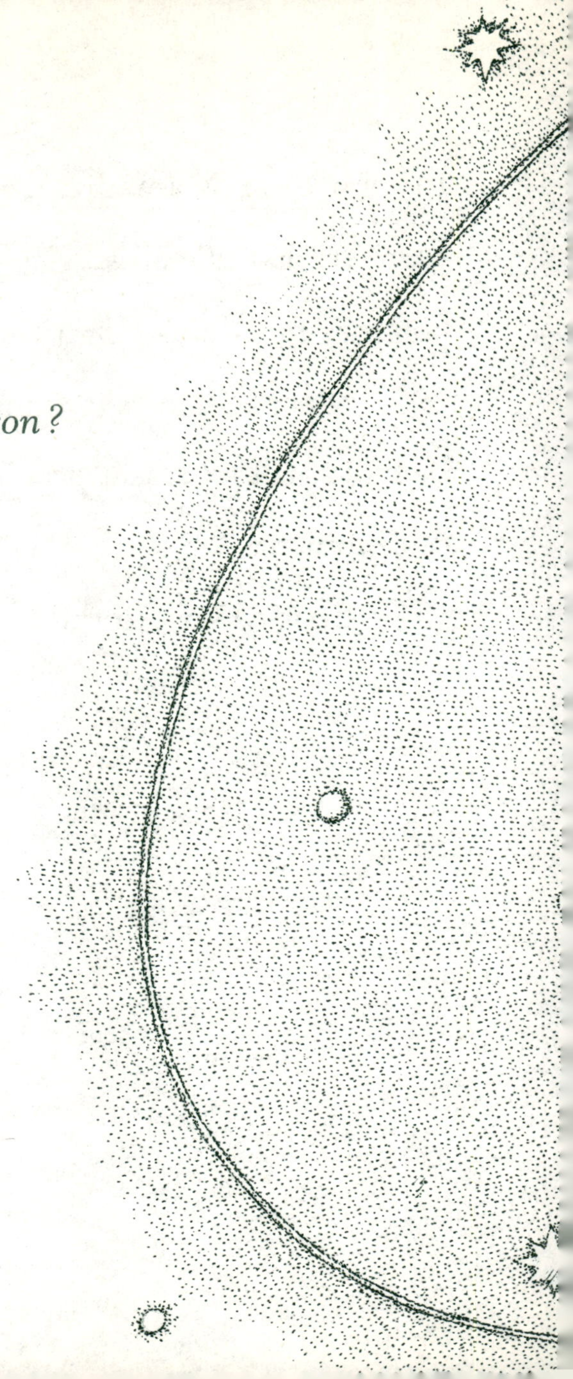

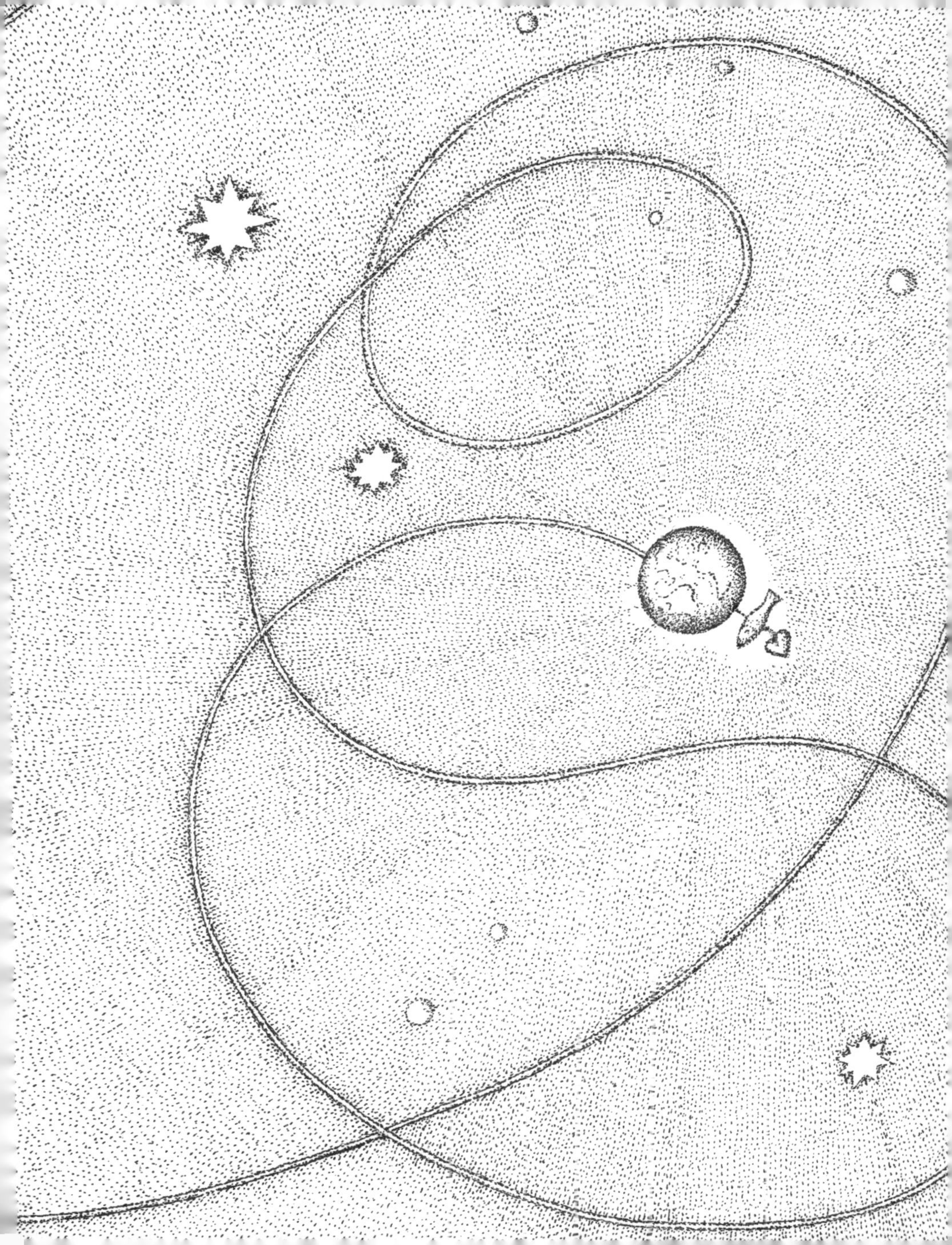

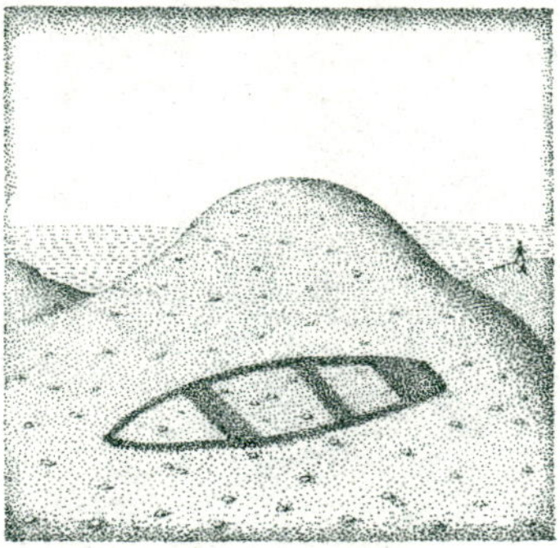

LE LAGON

CETTE SEMAINE-LÀ, Neftali se réveilla chaque matin après avoir fait le même cauchemar : Laurita se noyait, et il était incapable de la sauver parce qu'il se noyait lui aussi. Cette vision horrible continuait à le hanter pendant qu'il prenait son petit-déjeuner, pendant qu'il enfilait son maillot de bain et pendant qu'il partait en famille à la plage. Il se demandait si les promeneurs qu'ils croisaient régulièrement s'étonnaient de leur étrange procession : un homme qui sifflotait joyeusement, suivi d'un garçon à l'air sombre, d'une fillette en pleurs et d'une femme soumise qui fermait la marche, comme si de rien n'était.

Neftali en voulait tellement à Mamadre et à son père qu'il ne leur adressait plus la parole, sauf pour répondre à leurs questions, le cas échéant.

Il mit au point une certaine forme de résistance. Dès que la torture de la baignade prenait fin, il rentrait se changer à la maison et partait se promener tout seul, fermement décidé à faire comme bon lui semblait.

Allongé en haut d'une falaise surplombant l'océan, il prenait un malin plaisir à rêvasser. Il était un flamant rose qui survolait les marais salants, tel un gracieux cerf-volant. Il était la mouette solitaire, le cygne au long cou qui glissait sur l'eau comme sur un miroir.

Lorsqu'il ne rêvassait pas, il faisait exprès de lire, si bien qu'il épuisa bientôt tous les livres qu'il avait emportés. D'ici la fin des vacances, il allait donc devoir en trouver d'autres.

Un après-midi, il se rendit au village et demanda l'emplacement de la bibliothèque à un commerçant. Celui-ci lui indiqua une maison au fond d'une ruelle. Croyant que l'homme avait mal compris, Neftali se renseigna alors auprès d'une passante, qui lui désigna la même maison en souriant.

Neftali s'étonna qu'une bibliothèque puisse se trouver chez un particulier. Alors qu'il hésitait à monter les marches du perron, la porte de la maison s'ouvrit à la volée, déclenchant le tintement d'une clochette accrochée à la poignée.

Un individu de petite taille, assez vieux pour être le grand-père de Neftali, dégringola l'escalier.

– Entre, voyons ! Entre ! s'écria-t-il.

Neftali remarqua qu'il avait des yeux pétillants et qu'il portait une barbe semblable à celle de son père, mais beaucoup plus grisonnante. L'homme le conduisit dans une petite pièce au sol couvert de sciure de bois.

– Je suis Augusto, le bibliothécaire, dit-il.

– Et moi, Neftali, enchaîna le garçon en tendant la main. Je n'habite pas ici. Je suis juste venu pour les v-vacances d'été.

Augusto lui serra la main avec chaleur.

– Aucune importance ! Tous les moments de l'année sont propices à la lecture, non ?

Neftali hocha la tête.

Augusto l'attira vers les rayonnages croulant sous les livres.

– Permets-moi de te guider dans tes choix, dit-il. Est-ce que tu aimes le mystère ? Est-ce que tu es sensible à la symphonie des mots ?

Le garçon acquiesça aux deux questions.

– Est-ce que tu as lu Jules Verne ?

– Oui. Mais je suis prêt à le relire.

– Et connais-tu l'histoire de Buffalo Bill ?

Le regard de Neftali s'illumina, puis s'assombrit aussitôt.

– Oui, c'était un très bon cavalier. Mais je n'aime pas la façon dont il s'est conduit envers les Indiens.

– Ah... Tu es donc un lecteur consciencieux, avec un penchant pour les romans d'aventure...

Augusto s'approcha du mur de livres et en tira deux volumes. Le premier était visiblement destiné à des lecteurs plus jeunes que Neftali, le second à des lecteurs nettement plus âgés.

– Il n'est jamais trop tard pour celui-ci, déclara le bibliothécaire en tendant au garçon un album sur la mythologie grecque. Et il n'est jamais trop tôt pour lire celui-là, ajouta-t-il en lui remettant *Une étude en rouge*, d'Arthur Conan Doyle.

La clochette de la porte se fit à nouveau entendre.

– Entrez ! Entrez ! lança cordialement Augusto en allant au-devant du nouveau visiteur.

Une fois seul, Neftali laissa courir ses doigts sur la couverture des livres, puis promena un regard circulaire sur cette pièce encombrée mais ô combien accueillante. C'était sans doute dommage de rester à l'intérieur alors qu'il faisait tellement beau dehors, mais il s'en moquait. Et tant pis si la lecture ne lui musclait pas les jambes ! Tant pis si son occupation favorite ne lui ouvrait pas l'appétit !

Neftali se lova dans un fauteuil et passa l'après-midi à lire. Les rayons du soleil pénétraient presque à l'horizontale dans la bibliothèque quand il comprit qu'il était temps de rentrer chez lui.

Après avoir remis les livres en place, il s'arrêta face à un rayonnage puis, dans un lent va-et-vient, il passa en revue les noms des écrivains :

Hugo

Cervantès

Conan Doyle

Baudelaire

Verne

Tolstoï

Ibsen

Apollinaire

Augusto se leva de son bureau et s'avança vers lui :

– Qu'y a-t-il, jeune homme ? Tu m'as l'air bien soucieux.

– Je n'arriverai jamais à lire tous ces livres en un été ! soupira Neftali.

Le vieil homme éclata de rire :

– On trouve toujours le temps pour ce qui est réellement important. Si tu n'y arrives pas cet été, ce sera l'été suivant !

Il choisit quatre volumes qu'il tendit à Neftali en ajoutant :

– Je ne suis ouvert que quelques après-midi par semaine. J'espère que cela te nourrira jusqu'à la prochaine fois.

Le garçon regarda les livres à regret.

– Merci beaucoup, dit-il en souriant, mais je ne peux pas accepter. Mon père... il n'aime p-pas que je m'enferme pour lire. Il p-préfère me voir dehors. Et le soir, il n'y a pas assez de lumière dans ma chambre.

– Ah, fit Augusto. Je comprends, mon père était pareil.

Il marcha jusqu'à la fenêtre, s'y attarda un moment, puis se tourna vers Neftali et lança, l'index pointé en l'air :

– Je sais ce qu'il te faut : *un escondite* ! une cachette !

À ces mots, le visage de Neftali s'illumina.

Le bibliothécaire lui fit signe d'approcher et lui montra une route bordée d'arbres.

– À un kilomètre et demi, tu trouveras une maisonnette abandonnée qui te servira de refuge, lui expliqua-t-il en lui tendant à nouveau les quatre livres.

– M-mais... si quelqu'un vient ? s'inquiéta Neftali.

Bien qu'il n'y eût personne d'autre dans la pièce, Augusto mit la main en écran devant sa bouche, comme pour confier un secret :

– Cette maison m'appartient, mais je n'y habite plus. Chez moi, c'est ici maintenant (il balaya les rayonnages d'un ample geste), et j'ai pour voisins tous les habitants de ces livres.

Tout en se mordillant la lèvre, Neftali réfléchit à la proposition du vieil homme. Il finit par hocher la tête et s'empara des livres.

– Merci !

Il quitta la bibliothèque en courant et, tandis que la clochette de l'entrée résonnait derrière lui, s'éloigna en toute hâte. Au bout de la ruelle, il se retourna et agita la main pour dire au revoir à Augusto, qui le regardait en souriant derrière la vitre.

Le long de la route, les arbres cédèrent peu à peu la place à de grands joncs de mer, auxquels se substitua bientôt un terrain sablonneux parsemé d'herbe rase et de cailloux. Peu après, Neftali rencontra un sentier en pente douce qui menait à une petite maison blanche, couverte de chèvrefeuille et assez délabrée. Il le dévala et, à bout de souffle, sauta sur la véranda. *Un escondite!* Une cachette, rien que pour lui! Les fenêtres étaient condamnées par des planches et les portes fermées à clé, mais la véranda était profonde et bien abritée. À côté de la porte d'entrée, il y avait un long coffre en bois dont Neftali souleva le couvercle. Il découvrit à l'intérieur un ou deux vieux seaux ainsi que des outils de jardin. «Les livres y seront en sécurité et à l'abri de l'humidité», songea-t-il. Augusto avait raison: c'était un endroit idéal.

Neftali fit le tour de la maison. Derrière, une multitude de pavots sauvages rivalisaient de couleurs. Rouge sang, blanc, violet, rose, orange, jaune: c'était un véritable feu d'artifice! Un peu plus loin, il avisa une vieille barque parmi des herbes folles. Il se précipita vers elle et, sautant de joie, les bras levés au ciel, se proclama capitaine du bateau. Comment un petit lopin de terre pouvait-il le ravir à ce point ?

Au fond du jardin, Neftali emprunta un étroit chemin qui le conduisit à un lagon au milieu duquel évoluaient deux cygnes à col noir. À l'arrivée du garçon, ils s'approchèrent de la rive sans la moindre crainte, le cou tendu et le bec grand ouvert en prévision d'une offrande.

– Eh bien, mes jolis ! s'esclaffa Neftali. Vous n'êtes vraiment pas farouches. Vous aimeriez quelque chose à manger, n'est-ce pas ?

Les deux cygnes émirent quelques sons rauques en guise de réponse.

– Je vous apporterai quelque chose demain. Je reviendrai, je vous le promets.

Tandis que le soleil baissait à l'horizon, Neftali se décida enfin à rentrer chez lui.

Tout en courant dans la lumière déclinante, il se répétait en boucle dans sa tête :

Mes livres, ma cachette, mes cygnes
Mes livres, ma cachette, mes cygnes...

Il brûlait d'impatience d'être au lendemain. L'important, c'était de garder le secret.

De quoi sont faits

les murs d'un refuge?

Et ceux d'une prison?

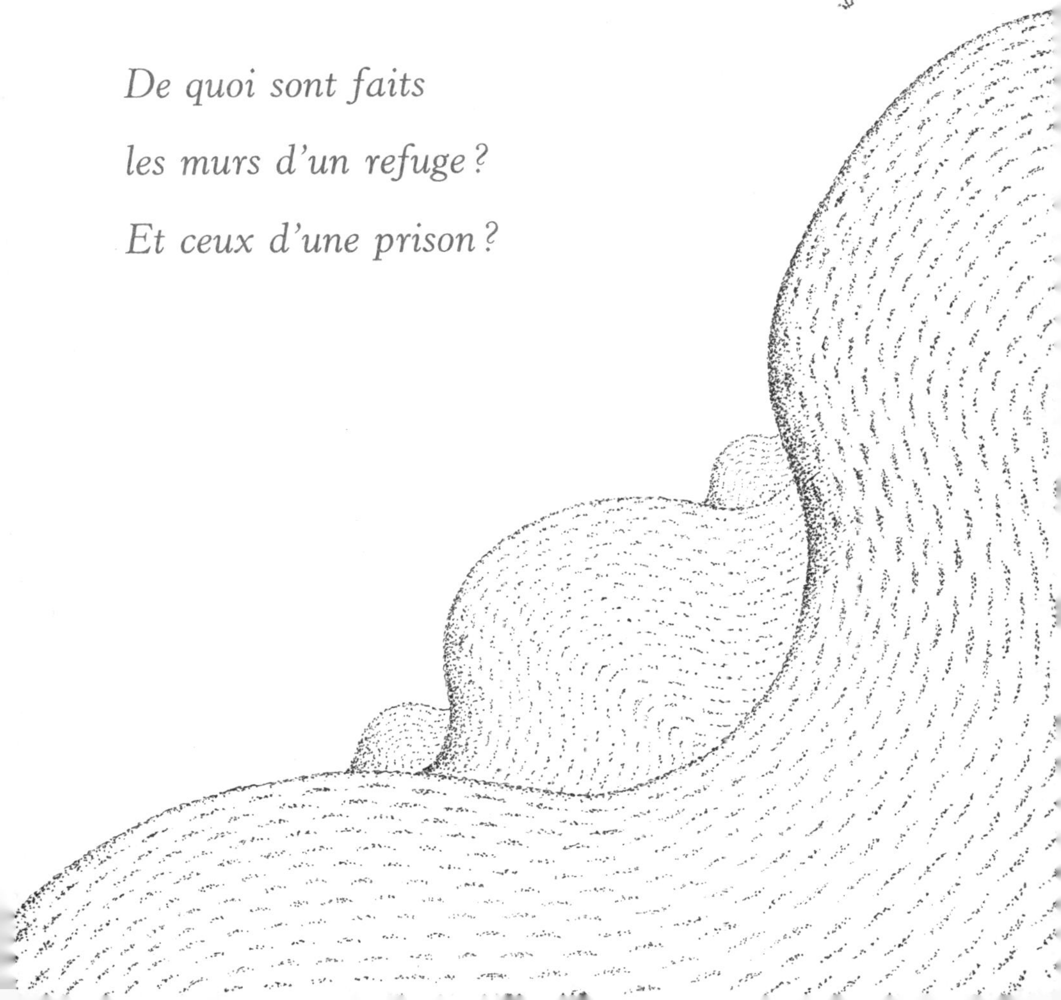

Le jour suivant, dès la fin de la baignade forcée, Neftali se hâta de regagner la maison et de se changer, espérant qu'il serait parti avant le retour des autres. Après avoir rempli ses poches de pain dans la cuisine, il fonça vers la porte, mais c'est alors qu'il tomba nez à nez avec Laurita. Il regarda avec angoisse derrière elle et constata avec soulagement que son père et Mamadre étaient encore loin.

– Pourquoi rentres-tu si tôt ? s'étonna-t-il. D'habitude, tu aimes bien rester jouer sur la plage, non ?

– Oui, mais aujourd'hui il fait trop froid, répliqua Laurita. Et toi, où est-ce que tu vas ?

– Juste faire un tour, marmonna Neftali en évitant le regard de sa sœur.

– Je veux venir avec toi. *Porfa!* Je m'ennuie ici. Je suis toujours obligée d'accompagner Mamadre au marché, après je dois faire la sieste, après je joue toute seule, sans faire de bruit pour ne pas les déranger pendant qu'ils prennent leur café, ensuite...

– Une autre fois peut-être, coupa Neftali. Aujourd'hui, je suis occupé.

Et il s'enfuit à toutes jambes, lançant de temps à autre un coup d'œil par-dessus son épaule pour s'assurer que Laurita ne le suivait pas. Mais la fillette demeura sur le seuil de la porte, l'air triste et les bras ballants.

Le lendemain après-midi, ce ne fut guère plus facile. Dès l'instant où Neftali quitta la plage, Laurita ne le lâcha pas d'une semelle. Elle trotta derrière lui jusqu'à la maison, s'habilla aussi vite que lui et le poursuivit dans la cuisine en geignant :

– Neftaliiiii ! Pourquoi est-ce que tu prends du pain ? Et qu'est-ce que tu caches là-dessous ? (Elle s'approcha de son frère et souleva un pan de sa chemise.) Ah ! ton mouton. Où est-ce que tu l'emmènes ? Où est-ce que tu vas, hein ? Je te promets d'être bien sage si tu m'emmènes avec toi.

Sans faire attention à elle, Neftali poussa la porte et sortit, mais sa sœur lui emboîta le pas.

Il se retourna brusquement :

– Laurita, rentre à la maison !

La fillette s'arrêta net, comme si elle venait de recevoir une gifle. Elle rebroussa chemin, la tête basse. En voyant ses épaules se soulever convulsivement, Neftali comprit que sa sœur pleurait et il fut pris de remords. Mais s'il acceptait de l'emmener, Laurita risquait par mégarde de parler de la cabane d'Augusto. Neftali redoutait qu'on lui interdise d'y revenir. Il n'avait pas envie non plus d'être responsable de sa petite sœur.

À la fin de la semaine, Laurita ne demandait même plus à l'accompagner. Elle le regardait partir, les yeux pleins de larmes.

~ ~ ~

Quand Neftali arriva au bord du lagon, les cygnes l'attendaient. À chaque morceau de pain qu'il leur lançait, les deux oiseaux faisaient la course.

– J'ai un secret à vous confier, leur dit-il. Laurita m'a suivi, je l'ai vue. Comme elle n'osait pas venir jusqu'à la maison, elle s'est arrêtée au bout du chemin, et puis elle est repartie. Mais ne vous inquiétez pas, de là où elle était, elle n'a pas pu voir grand-chose. Et jamais elle ne me trahirait.

Neftali s'assit sur la berge avant de continuer :

– Nos baignades matinales sont de pire en pire. Dès le réveil, je suis malade d'appréhension. Laurita ne sait pas très bien nager, et j'ai peur de la perdre dans ces horribles vagues. J'adore m'asseoir dans le sable et *regarder* la mer, ou bien ramasser des choses sur la plage. Mais je déteste entrer dans cet océan sombre et trouble, qui change d'avis sans prévenir et me chahute de tous les côtés. Vous voulez que je vous dise ? Je crois toujours que je vais mourir.

Les deux cygnes entrelacèrent leurs longs cous et se lissèrent mutuellement les plumes.

– Père prétend que cet exercice me rendra plus fort mais ce n'est pas le cas. Et c'est pourquoi il est de plus en plus furieux. Quand je sors de l'eau, je grelotte et je suis bleu de froid. Je fais exprès d'attendre un peu avant de m'enrouler dans une couverture, afin que Père me voie souffrir. Mais il reste de marbre. Quant à Mamadre, elle ne dit rien. Rien du tout. Et ça me rend fou ! Je ne leur parle que quand j'y suis obligé. Je n'ai même plus envie de rester avec eux. Je ne suis heureux qu'ici, avec vous.

Neftali prit le livre qu'Auguste lui avait prêté la veille et s'allongea sur le dos.

– Bon, vous êtes prêts à entendre un peu de Victor Hugo ? Écoutez cela, mes amis :

J'eus toujours de l'amour pour les choses ailées.
Lorsque j'étais enfant, j'allais sous les feuillées,
J'y prenais dans les nids de tout petits oiseaux.
D'abord je leur faisais des cages de roseaux
Où je les élevais parmi des mousses vertes.
Plus tard je leur laissais les fenêtres ouvertes.
Ils ne s'envolaient point ; ou, s'ils fuyaient aux bois,
Quand je les rappelais ils venaient à ma voix.

Neftali se redressa et jeta les restes de pain dans l'eau du lagon.

– Si un jour vous vous envolez, dit-il aux cygnes, j'espère que, vous aussi, vous reviendrez au son de ma voix.

Les deux grands oiseaux se précipitèrent sur la nourriture et revinrent en quémander davantage.

– Ne soyez pas si gourmands ! les gronda gentiment le garçon. Et ne vous montrez pas trop. Augusto m'a dit que c'était l'époque où les chasseurs allaient bientôt arriver et qu'ils n'hésiteraient pas à vous tuer. Tout ça pour faire une houppette avec votre duvet ou pour décorer un stupide chapeau avec vos longues plumes !

Neftali regarda les deux cygnes nager côte à côte, comme si l'un était l'ombre de l'autre.

– Vous êtes vraiment inséparables ! Je suis un peu jaloux, vous savez.

Il se rallongea et écouta les bruits alentour : cris éraillés des mouettes, chant profond du cormoran, gazouillis désormais familier des cygnes à col noir.

– Dites-moi, mes amis, est-ce que c'est vrai ? On dit qu'avant de mourir, vous vous mettez à chanter. *El canto del cisne*. Et puis non, ne me dites rien. J'aime autant ne pas savoir. Cachez-vous bien dans les hautes herbes, que les chasseurs ne vous trouvent pas.

Neftali regagna la vieille maison et s'assit sous la véranda, où il avait installé son petit musée personnel : arêtes de poissons, coquillages, pinces de crabes, tessons de verre dépolis par la mer, nacres, sans oublier le mouton – le tout aligné sur des planches de bois vermoulu posées sur de gros galets. Après avoir vérifié que chaque objet était bien à sa place, il s'adossa au poteau et poursuivit sa lecture.

Quelques semaines plus tard, Neftali se rendit au bord du lagon et agita les bras en criant :

– Mes amis, je suis là ! Où êtes-vous ? Venez !

Les morceaux de pain qu'il lança dans l'eau finirent par se détremper et couler. Il appela de nouveau, siffla, mais les cygnes restèrent invisibles. Le lagon était étrangement silencieux. Même les mouettes et les cormorans avaient disparu.

Se frayant un chemin parmi les hautes herbes, Neftali inspecta la berge de long en large. Puis il fit le tour du marais salant. Il essayait de se convaincre que les cygnes étaient sains et saufs quelque part. Peut-être étaient-ils retournés auprès de celui qui les avait jadis apprivoisés ? Peut-être avaient-ils trouvé quelqu'un d'autre pour les nourrir ?

Neftali décida alors d'aller se renseigner dans les environs. Au bout d'un moment, il s'engagea sur un sentier, sans trop savoir où il menait. C'est alors qu'il vit des traces de sang. Mû par un funeste pressentiment, il s'enfonça dans les broussailles et, attiré par un léger bruit, ne tarda pas à découvrir l'un de ses cygnes au milieu des roseaux. L'animal était chancelant, et une mare de sang s'était formée sous ses pattes. À sa vue, le garçon vacilla, lui aussi, et se sentit à deux doigts de vomir. Mais l'oiseau poussa une plainte si déchirante qu'il se ressaisit.

Neftali chercha désespérément l'autre cygne, mais en vain.

Il s'approcha du blessé et le souleva avec d'infinies précautions. L'énorme palmipède n'offrit aucune résistance. Le garçon eut toutes les peines du monde à le ramener à la cabane d'Augusto. Ce fardeau était d'autant plus pénible à porter que Neftali avait lui-même le cœur terriblement lourd. Après avoir déposé son malheureux ami sous la véranda, il prit un seau dans le coffre de rangement et courut le remplir avec l'eau du lagon. Ensuite, il nettoya les blessures de l'oiseau avec le pan de sa chemise.

– *Mi cisne, mi cisne*, murmura-t-il d'une voix tremblante. Mon cygne, mon cygne, ceux qui t'ont fait ça sont des barbares !

Tout en caressant le long cou noir, il ajouta :

– Les chasseurs ont tué ta compagne, n'est-ce pas ?

Doucement, Neftali posa sa tête sur le dos de l'oiseau.

– Il faut que tu manges quelque chose, sinon tu mourras toi aussi.

Il fouilla sa poche et en retira quelques miettes de pain qu'il introduisit dans le bec orangé du cygne.

L'après-midi s'écoula peu à peu. Neftali tremblait à l'idée de laisser le cygne seul, mais s'il ne rentrait pas à temps chez lui, il n'osait imaginer la réaction de son père... Il resta donc jusqu'à ce que le soleil ne fût plus qu'un point à l'horizon, puis rentra au pas de course.

Quand il arriva, Laurita était en train de jouer devant la maison. En voyant son frère, elle s'interrompit et lui demanda affolée :

– Qu'est-ce qui t'arrive, tu es blessé ?

Neftali s'aperçut que sa chemise était pleine de sang.

– Non, non, je vais très bien, marmonna-t-il tout en jetant un regard paniqué autour de lui. Où sont Père et Mamadre ?

– À l'intérieur. Mais... et ça ? insista Laurita en désignant la chemise rougie.

– Ce n'est pas mon sang. C'est celui d'un cygne. J'ai besoin de ton aide, Laurita.

– Qu'est-ce que je dois faire ?

– Entre discrètement dans la maison et rapporte-moi vite une chemise propre. Tu as compris ?

Laurita hocha la tête.

– Et surtout, ne dis rien à Mamadre ni à Père, précisa Neftali.

– D'accord, mais... à condition que tu m'emmènes avec toi demain.

Neftali, hésitant, se passa la main dans les cheveux.

– Il faudra que je demande la permission, dit-il. Et Père risque de refuser.

– Tu n'as qu'à le lui demander bien poliment..., suggéra Laurita.

– Bon, entendu, céda Neftali. Maintenant, dépêche-toi !

Laurita se faufila dans la maison et en ressortit quelques minutes plus tard avec une chemise propre. Neftali enleva celle qui était sale et la cacha dans un buisson, puis se rhabilla.

Quand ils franchirent tous deux le seuil de la porte, ils tombèrent sur leurs parents.

– Nous allons bientôt passer à table, les informa Mamadre.

– Allez vous laver les mains, ordonna leur père.

Comme si de rien n'était, Neftali et Laurita se dirigèrent vers l'évier. Pendant qu'ils se lavaient les mains ensemble, Laurita adressa un sourire complice à son frère.

– Merci, chuchota Neftali, espérant qu'elle resterait solidaire de lui et qu'elle ne jouerait pas les *chismosas*, les rapporteuses.

~ ~ ~

Le lendemain matin, sitôt l'atroce séance de natation terminée, Neftali prit sa sœur par la main et se présenta devant son père et Mamadre :

– Est-ce que Laurita peut venir avec moi aujourd'hui ? J'aimerais lui montrer un nid de flamants roses. Je vous p-promets de bien la surveiller.

– Ne la laisse pas s'éloigner de toi, répliqua son père. Et surtout ne traînez pas en chemin. Hier, tu es rentré beaucoup trop tard. Je n'ai aucune envie de me lancer à votre recherche.

Dans un coin de sa tête, Neftali nota de quitter la cabane d'Augusto bien avant le coucher du soleil.

Sa sœur et lui s'en allèrent main dans la main et remontèrent tranquillement la colline. Lorsqu'ils furent hors de vue des parents,

Laurita échappa à son frère et se mit à sautiller sur place.

– Calme-toi et écoute-moi bien ! la sermonna Neftali. Dès qu'on sera à la maison, tu te changeras et tu tâcheras de trouver des chiffons et une couverture. Moi, j'irai chercher du pain dans la cuisine.

– Pourquoi on doit prendre tout ça ?

– Je t'expliquerai plus tard. Pour l'instant, il faut se presser.

~ ~ ~

Sur la route, Neftali raconta tout à sa sœur : sa rencontre avec Augusto, la cachette au bord du lagon, les cygnes, les chasseurs.

Il s'interrompait souvent au cours de son récit pour recommander à Laurita de n'en parler à personne. Chaque fois, la fillette lui assurait qu'elle saurait tenir sa langue. Bien avant qu'ils n'arrivent à destination et qu'elle ne découvre le cygne sous la véranda, Laurita se tordait déjà les mains en répétant :

– *Pobrecito, pobrecito !* Le pauvre petit, le pauvre petit !

Neftali trouva l'oiseau tel qu'il l'avait laissé, c'est-à-dire affalé comme une masse et les paupières closes.

Laurita se pencha sur lui.

– Il est mort ? s'alarma-t-elle.

– Non, il dort, lui répondit son frère en caressant le cou de l'animal.

À son contact, le cygne ouvrit les yeux et se mit à trembler. Puis il tenta de se relever mais s'effondra aussitôt.

– N'aie pas peur, *mi cisne*, lui dit Neftali d'une voix apaisante. Voici ma sœur, Laurita. Dans quelques jours, quand tu iras mieux, nous retournerons au bord de l'eau, c'est promis. Pour le moment, tu as besoin de repos.

Neftali regarda Laurita et fut frappé par la gravité de son expression. Il lui désigna le seau :

– Va jusqu'au lagon chercher de l'eau, que je puisse le nettoyer. Avant de partir, nous lui laisserons de l'eau propre, au cas où il aurait soif.

Laurita s'empara du seau et revint en courant après l'avoir rempli.

Tandis que son frère s'affairait à laver le plumage ensanglanté, la fillette caressait la tête du cygne et lui parlait comme à un bébé :

– Ne t'inquiète pas, on est là, tout ira bien maintenant. On va te soigner, mon pauvre petit.

Deux semaines durant, Neftali et Laurita vinrent s'occuper du cygne tous les jours. Laurita lui apportait de l'eau fraîche et arrangeait la couverture de façon à lui faire un nid douillet. Neftali nettoyait ses blessures, le nourrissait de minuscules boulettes de pain et l'encourageait à se lever et à marcher, même s'il s'écroulait au bout de quelques pas. Quand il jugea que le cygne était en voie de guérison, le garçon tint sa promesse.

~ ~ ~

Le jour venu, Neftali prit le cygne dans ses bras et l'emporta vers le lagon. Laurita marchait à côté de lui, la mine inquiète :

– Surtout tiens-le bien, Neftali. Va doucement. Attention.

Sur la berge, Neftali posa l'oiseau au bord de l'eau.

– Et maintenant ? voulut savoir sa sœur.

– Ce lagon, c'est chez lui, il ne faut pas qu'il l'oublie, lui expliqua Neftali.

Il s'accroupit près du cygne, lui trempa le bec dans l'eau et le laissa partir. Pendant un moment, le cygne resta à la surface, puis il pencha sur le côté et sombra.

– Neftali ! Fais quelque chose ! hurla Laurita.

Le garçon s'élança et ramena l'oiseau en toute hâte. Hors d'haleine, il se laissa tomber avec lui sur la berge.

– Que se passe-t-il, mon ami ? murmura-t-il en le berçant doucement.

– Ça lui ferait sans doute du bien que tu lui racontes ce que tu vois, lui conseilla Laurita.

Avec bref sourire, Neftali se rappela les fois où sa sœur lui avait décrit le paysage par la fenêtre lorsqu'il était malade. Il contempla la vaste étendue du lagon.

– Sur le sable, j'aperçois des mouettes qui se tiennent droites comme de petits soldats. Dans l'eau, des centaines de flamants roses lèvent leur gros bec courbé. Les voilà qui se mettent à courir et qui s'élèvent dans les airs. Regarde ! On dirait qu'ils forment un seul et même oiseau gigantesque, un oiseau à mille ailes ! Tu veux savoir de quelle couleur il est ? Rose comme des joues de bébé. Mais ce n'est pas tout. Je vois des falaises impossibles à escalader tellement elles sont raides. Et aussi deux nuages qui font la course en flânant. Lequel des deux va gagner ? Ça, je n'en sais rien.

À son tour, Laurita parcourut le lagon du regard :

– Neftali, où sont passés les autres cygnes ?

– Les chasseurs ont dû les tuer ou les faire fuir. Quand notre ami ira mieux, nous l'emmènerons ailleurs. Peut-être au lac Budi. Il y a beaucoup de cygnes, là-bas.

– Pourvu qu'il guérisse ! implora Laurita en joignant les mains.

Une autre semaine s'écoula, et l'état du cygne ne s'était guère amélioré. Malgré les soins attentionnés que lui prodiguaient les deux enfants, l'oiseau s'affaiblissait et semblait chaque jour un peu plus abattu.

Un matin, alors que sa sœur se séchait après la baignade, Neftali prit de l'avance et attendit en haut de la colline. Laurita finit par le rejoindre en courant.

– Je ne peux pas aller avec toi aujourd'hui, lui apprit-elle. Mamadre veut que je l'accompagne chez des gens qui ont une fille de mon âge. Moi, je n'ai pas envie de jouer avec cette fille, je ne la connais même pas ! Je préfère venir avec toi.

– Ce n'est rien, Laurita. Tu viendras demain, ça ne changera pas grand-chose.

– Hier soir, j'ai gardé un reste de poisson que j'ai enveloppé dans du papier. Je l'ai caché derrière la porte de service. Peut-être que notre cygne aimera ça ? Donne-le-lui en tout petits morceaux. Et n'oublie pas de lui laisser de l'eau fraîche. Et secoue la couverture, et arrange-la bien autour de lui, comme je le fais. Et...

Neftali interrompit sa sœur en posant la main sur son bras.

– Je ferai tout ce qu'il faut, c'est promis, lui dit-il avant de s'éloigner rapidement.

~ ~ ~

Lorsque Neftali arriva à la maisonnette, le cygne leva la tête et poussa un petit cri pitoyable.

– Ah, tu me dis bonjour, aujourd'hui ? J'espère que c'est bon signe.

Le garçon emporta son protégé au bord de l'eau. Mais l'oiseau resta tapi sur la berge, comme s'il voulait se reposer.

– Ce n'est pas grave, mon ami, murmura Neftali. Nous réessayerons demain.

Il reprit le cygne dans ses bras et, sans cesser de lui parler, remonta lentement le chemin.

– Laurita m'a donné du poisson pour toi, ça t'aidera à regagner des forces. Elle était triste de ne pas pouvoir venir, tu sais. Mais elle sera là demain,

c'est sûr. Et si tu aimes le poisson, on t'en apportera encore, pas de problème. Et dès que tu iras mieux, tu pourras de nouveau nager dans le lagon. Je resterai à côté de toi, tout ira bien, tu verras.

Neftali commença à ralentir.

– J'ai l'impression que tu es plus lourd. Tu as peut-être grossi. Ce serait formidable ! Quand on sera à la maison, je te ferai un nid douillet, comme me l'a ordonné Laurita. Cette petite infirmière a du caractère, hein ?

Une volée de mouettes passa au-dessus d'eux et s'estompa peu à peu dans le ciel.

– Où vont-elles, à ton avis ? reprit Neftali. Que font-elles si loin de l'eau, mon ami ?

Il y eut une rafale de vent.

Les roseaux murmurèrent.

Neftali continua d'avancer vaille que vaille.

– On y est presque...

Il sentit sur son bras la fraîcheur du plumage de l'oiseau.

– Vas-y, mon ami, repose ta tête. Repose-toi...

Le cygne déploya son cou soyeux, et la vie s'échappa de son corps.

Neftali avait mal aux bras mais il poursuivit son chemin malgré tout. Ses yeux s'embuèrent de larmes. Il trébucha.

– N-n-non. N-n-non, pas maintenant. Ni maintenant ni j-jamais, souffla-t-il.

Il atteignit enfin la véranda et s'écroula sur la première marche.

Combien de temps avait-il mis pour arriver? Une minute? Un mois? Un an?

~ ~ ~

Il faisait presque nuit lorsque Laurita et Mamadre trouvèrent Neftali, qui berçait encore le cygne sous la véranda.

Laurita se précipita vers son frère, s'assit près de lui, posa la tête sur son épaule et se mit à pleurer.

Le garçon leva les yeux vers Mamadre :

– Ce n'est pas p-possible, ce n'est pas p-p-possible ! Un chasseur a tué sa compagne. Lui... on l'a soigné, on a veillé sur lui... mais aujourd'hui...

Mamadre prit place à côté de Neftali et essuya ses larmes avec la main.

– Je sais, lui dit-elle. Comme tu tardais à rentrer, Laurita m'a tout expliqué. Tu n'aurais rien pu faire de plus. Il devait être touché plus profondément que tu ne crois.

– Ses blessures étaient guéries, m-m-mais il avait toujours l'air t-t-triste.

Mamadre mit la main sur l'épaule du garçon :

– Les blessures sont parfois trompeuses. Il souffrait sans doute d'autre chose. Les cygnes sont comme les hommes, ils ont du mal à supporter la solitude.

Neftali enfouit son visage dans le plumage du grand oiseau.

À travers ses larmes, Laurita fut prise de hoquet.

Mamadre se leva, ôta son châle et l'étala par terre. Puis, faisant preuve d'une force insoupçonnée, elle souleva le cygne et le plaça doucement au centre de l'étoffe, qu'elle replia sur son corps.

– Demain, nous reviendrons ici ensemble et nous enterrerons ton ami. As-tu pensé à un endroit particulier ?

– Oui, répondit Neftali. Au milieu des fleurs.

Mamadre prit le garçon sur ses genoux et le berça doucement, exactement comme lui-même avait bercé le cygne.

Le temps qu'ils quittent tous les trois la cabane, le soleil avait disparu. Sur le chemin du retour, Neftali donna la main à Mamadre et à Laurita. Il faisait nuit quand ils arrivèrent dans la cour de la maison. À la vue de la silhouette sombre de son père derrière la fenêtre, Neftali se figea.

– P-p-père est s-s-sûrement furieux, bredouilla-t-il. Et c'est de ma f-f-faute.

Mamadre s'agenouilla face aux deux enfants. Elle posa une main sur l'épaule de Neftali, l'autre sur celle de Laurita, et déclara en les regardant à tour de rôle :

– Je vais lui dire que j'avais emmené Laurita faire un tour et que nous t'avons croisé sur la route, Neftali. Le lagon était tellement beau que c'est *moi* qui ai décidé d'y rester jusqu'au coucher du soleil. Voilà la raison pour laquelle nous sommes en retard. Quand nous entrerons, filez dans votre chambre. J'expliquerai à Père que vous êtes beaucoup trop sales pour dîner avec nous. Je vous apporterai à manger plus tard. C'est bien compris ?

Neftali enlaça Mamadre par le cou et se serra contre elle. Il aurait voulu lui dire combien il l'aimait, combien il regrettait de lui en avoir voulu au point de ne plus lui parler, mais il était tellement bouleversé qu'il ne put articuler un mot.

– Allons-y, maintenant, annonça Mamadre.

Neftali n'était pas prêt à la quitter. Pas tout de suite.

– Tu sais, lui chuchota-t-il à l'oreille, ce n'est pas vrai, ce qu'on raconte.

– Qu'est-ce qui n'est pas vrai, mon fils ?

Une larme roula sur la joue du jeune garçon.

– Que les cygnes chantent avant de mourir.

~ ~ ~

L'été décroissait. En l'espace de quelques semaines, le soleil était passé du jaune vif au jaune d'or, et les ombres s'étaient allongées. Les vagues, elles, n'avaient pas changé et continuaient leur sempiternel va-et-vient. Après avoir dit au revoir à Augusto, Neftali rassembla tous ses trésors et ne s'éloigna plus de la maison. Il écrivait partout : sur les piquets de clôture, sur les morceaux de bois flotté ou sur les vieilles barques échouées sur le rivage.

Le dernier jour de leurs vacances à Puerto Saavedra, le père se posta face à ses enfants sur la plage.

– Tu n'as pas fait suffisamment d'efforts, Neftali, déclara-t-il, les bras croisés. Depuis le début de l'été, on dirait que tu as maigri au lieu d'avoir forci.

– C'est parce qu'il a grandi, José, voilà tout, plaida Mamadre. Et puis, regarde comme il a bonne mine!

L'homme passa la main dans sa barbe sans lâcher son fils des yeux:

– Tout ce que je vois, c'est que tu es toujours aussi stupide avec tes idées fixes. Tu n'as pas changé d'un cheveu, n'est-ce pas ?

Neftali contempla le sable moucheté.

– Moi, je nage mieux, souligna Laurita.

Son père l'ignora et cracha :

– Allez, finissons-en. À l'eau !

Les doigts entrelacés, les deux enfants s'avancèrent dans l'océan. Neftali sentit la peur lui tordre l'estomac, comme au tout premier jour.

Comment pouvait-il à la fois aimer et détester cet endroit ? Comment cette eau pouvait-elle à la fois faire partie intégrante de lui-même et rester un élément si étranger ?

Neftali continua de s'enfoncer progressivement. Il luttait contre chaque vague et paniquait à l'idée de se noyer. Quand il perdit pied, il ne coula pas. Il donna de vigoureux coups de talons et brassa l'eau d'une main tout en tenant Laurita de l'autre.

– Remue tes jambes, Laurita, et repousse l'eau avec ton bras !

Lors d'une accalmie entre deux grosses vagues, il put poser les pieds sur le sable du fond et, la main en visière, il regarda vers le large. Une étrange régate se déroula alors sous ses yeux embués : son mouton en peluche dansait comme un bouchon sur les flots ; le jeune Mapuche, qui nageait sur le dos, lui adressa un grand signe ; un peu plus loin, deux cygnes voguaient en tandem ; Augusto, en joyeux naufragé, dérivait avec insouciance sur un radeau jonché de livres, tandis que se balançait une barque remplie de pavots multicolores.

Soudain, une vague se hérissa et déferla sur Neftali, qui serra Laurita contre lui. Une fois la vague passée, le garçon chercha la parade flottante mais n'aperçut qu'un tapis de pavots qui sombrait lentement.

Sachant que son père projetait de revenir à Puerto Saavedra l'été prochain et ceux d'après, Neftali n'osait même pas imaginer jusqu'où il serait obligé de nager lorsqu'il serait plus grand. La vague suivante, nettement plus violente, le déséquilibra et le sépara de sa sœur. Pris dans un bouillonnement de blancheur, Neftali retint son souffle, puis rejaillit à l'air libre, comme si quelque chose l'avait poussé vers la surface.

Il replongea immédiatement pour rattraper Laurita. Il se mit à trembler. Non de peur, mais de colère.

Son père avait tort.

En réalité, il avait changé.

Neftali prit alors une résolution. Il reviendrait à Puerto Saavedra, certes, mais après ce qui venait de se passer, il se jura de ne plus jamais retourner à l'eau, quoi que dise ou fasse son père. Il aimait le bruit de l'océan. Il aimait les débris que les vagues déposaient sur le sable. Il aimait l'odeur et le goût salé des embruns. Mais il en avait assez. Maintenant fermement Laurita, Neftali se dirigea vers la plage.

Son père secoua la tête d'un air dégoûté et s'en alla à grandes enjambées. Mamadre enveloppa Laurita dans une couverture et l'entraîna vers la maison afin de s'affairer aux préparatifs du départ.

Une fois seul, Neftali s'attarda sur la plage et, par défi, traça de gigantesques lettres sur le sable humide à l'aide d'un bâton.

Avec un intense sentiment de satisfaction, il lâcha ensuite son bâton et, les bras grands ouverts, il écouta le tonnerre d'applaudissements que lui offrirent les vagues. Il s'inclina. Aujourd'hui, c'était l'océan qui était son seul et unique spectateur.

Soudain, le sifflet paternel résonna dans le lointain.

Au moment de quitter la plage, Neftali eut l'œil attiré par un galet. Il le ramassa. C'était un galet gris perle, lisse et plat, qui avait la forme d'un cœur parfait. C'était assurément sa trouvaille la plus extraordinaire de l'été. Il glissa le galet dans sa poche. À la rentrée des classes, peut-être aurait-il le courage de l'offrir à un ami. Ou même à Blanca.

Neftali grimpa la colline en courant. Arrivé au sommet, il se retourna.

Les vagues avançaient, puis reculaient.

Peu à peu, la mer gomma ses mots, lettre après lettre.

Où les vagues emportent-elles les débris

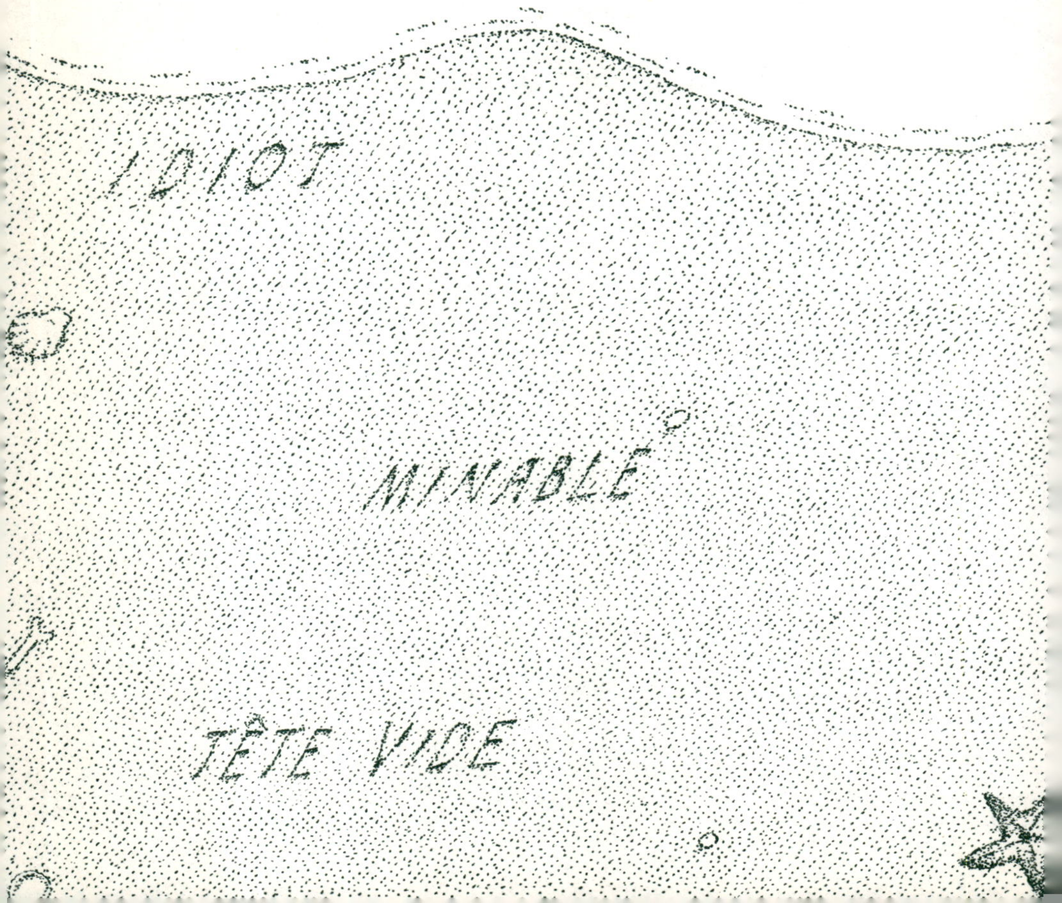

abandonnés sur le sable moucheté?

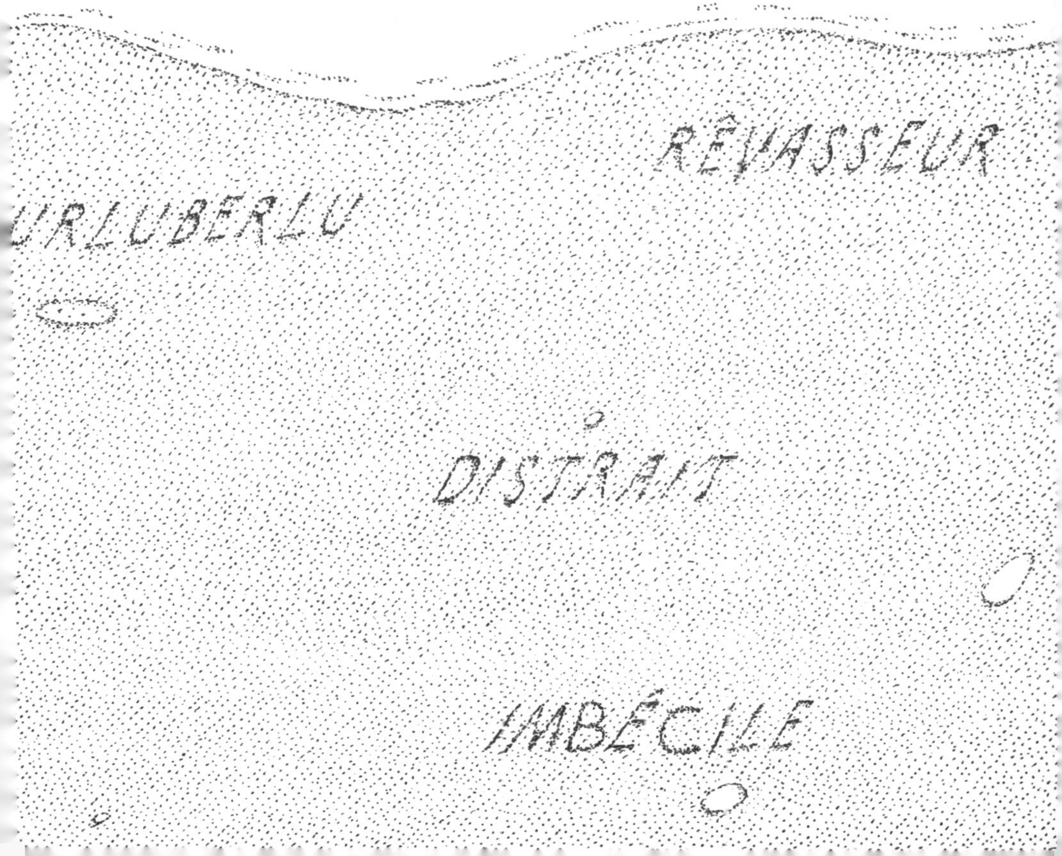

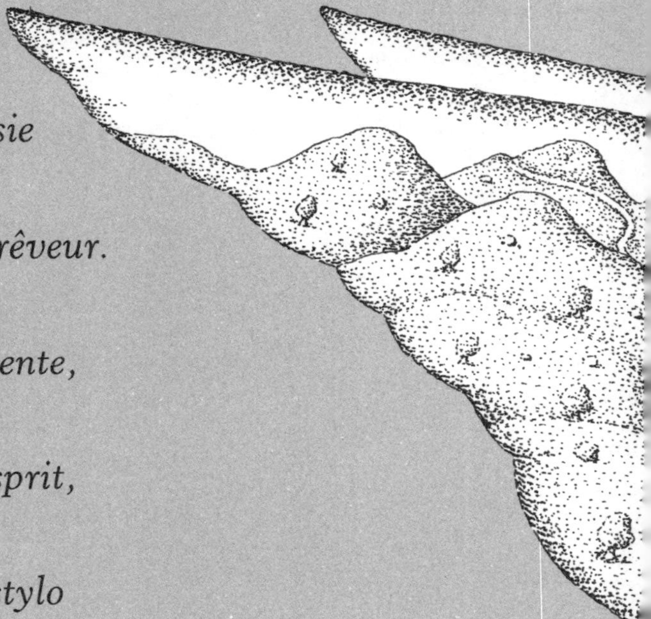

Je suis la poésie

encerclant le rêveur.

Toujours présente,

je capture l'esprit,

je dompte le stylo

et deviens

la brise

qui souffle

sur l'unique chemin de l'écrivain.

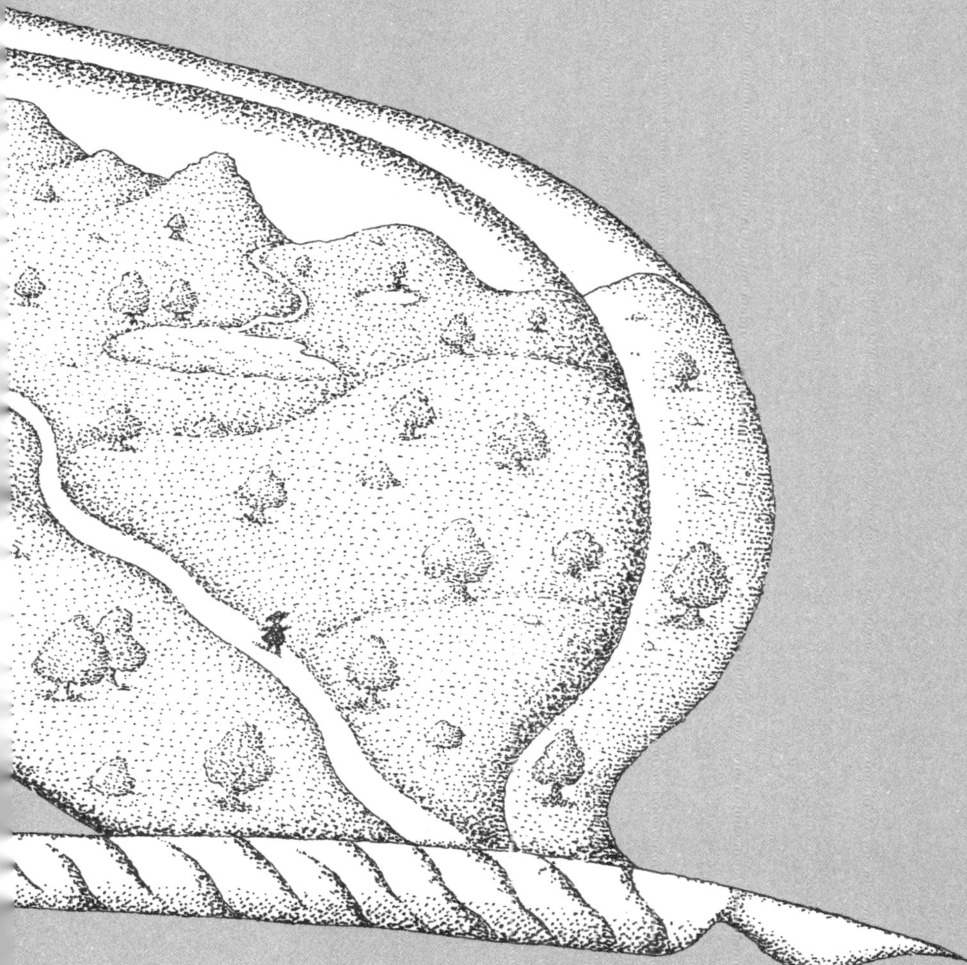

L'AMOUR

AU RETOUR DE L'ÉCOLE, Neftali griffonnait sur son cahier tout en longeant le fleuve. De temps à autre, il s'arrêtait et levait les yeux pour éviter une pluie de feuilles mortes que le vent d'automne éparpillait sur la berge.

– Hé, Sac-d'os! Attends!

Neftali se retourna et aperçut de loin Guillermo. Ces dernières années, il avait tout fait pour l'éviter. Que lui voulait cette brute?

Neftali avait maintenant onze ans, mais il était toujours le garçon le plus chétif de sa classe. Il préférait ne pas imaginer ce que Guillermo pourrait lui faire subir. Il rangea donc son cahier, serra contre lui les pans de son manteau et accéléra le pas.

– Arrête-toi! hurla Guillermo en brandissant le poing.

Neftali continua à bondir sur la rive humide, mais il commit l'erreur de se retourner afin d'évaluer la distance qui le séparait de son poursuivant. Il glissa, s'étala de tout son long et resta à terre, le souffle coupé. Puis il se redressa péniblement à quatre pattes et attendit que ses poumons se remettent à fonctionner normalement.

Dès que Neftali fut debout, Guillermo l'attrapa par le bras :

– Dis donc, Sac-d'os, tu vas m'écouter, oui ou non ?

Neftali hocha la tête en grimaçant.

– J'ai un service à te demander, poursuivit Guillermo, le regard aux aguets comme s'il craignait qu'on l'épie. Tu n'arrêtes pas d'écrire des trucs dans ton cahier, et aujourd'hui, le prof nous a lu ta rédaction en disant que tu avais le don des mots. Alors voilà. (Il prit Neftali par le cou et l'attira à lui presque amicalement.) Je voudrais que tu écrives une lettre pour moi. Une lettre à une fille. Tu la signeras de mon nom.

Neftali le regarda, sidéré. Guillermo n'avait donc pas l'intention de le frapper ?

– J-j-je ne suis pas sûr que..., bredouilla-t-il.

Guillermo lui colla son poing sous le nez.

Sachant qu'il aurait moins de mal à écrire une lettre qu'à encaisser une raclée, Neftali s'empressa d'enchaîner :

– Que veux-tu que je lui d-dise ?

– Je n'en sais rien, répliqua l'autre en levant les bras au ciel. Ce que toutes les filles ont envie d'entendre. Mais attention, n'en parle à personne, hein ? Tu m'apporteras cette lettre demain matin, avant les cours. Et débrouille-toi pour qu'elle fasse son effet. Compris, Sac-d'os ?

Il se détourna, prêt à repartir dans l'autre direction.

– Attends, dit Neftali. Comment s'appelle-t-elle ?

Guillermo baissa les yeux et donna un coup de pied dans un tas de feuilles.

– Tu la connais : Blanca.

Blanca ?

Neftali regarda son rival s'éloigner nonchalamment, puis il s'effondra sur la berge, le regard dans le vague.

Sa Blanca ?

Il courut tout le long du chemin et s'engouffra dans la chaleur de la maison. Par chance, personne ne rentrerait avant plusieurs heures. Mamadre devait accompagner Laurita chez Valeria, son père était en ville, et Rodolfo aussi.

Après avoir accroché son manteau et son chapeau près du poêle, Neftali se rua dans sa chambre. Il passa en revue ses collections d'objets divers et variés, toujours soigneusement alignés, s'empara du galet en forme de cœur et le fit tourner entre ses doigts. Si seulement ç'avait été quelqu'un d'autre que Blanca !

Comment échapper à la demande de Guillermo ? Neftali se mit à réfléchir. Il rangea le cœur à sa place et secoua la tête avec découragement. Il se trouvait dans une impasse. S'il n'écrivait pas cette lettre, Guillermo le harcèlerait sans relâche. Et si Blanca restait insensible à ses mots, Guillermo lui rendrait la vie infernale. Par ailleurs, Neftali ne savait pas comment s'y prendre. Il n'avait jamais écrit ni même lu de lettre d'amour ! C'est alors qu'il se rappela le paquet de cartes postales et de lettres, tout au fond du grand coffre.

Il se rendit au salon, s'agenouilla devant le vieux meuble et en effleura le bois, les bandes de cuivre et les poignées de cuir. Quand il était petit, Mamadre lui avait fait promettre de ne jamais s'en approcher. Mais depuis il avait grandi ; il était maintenant assez fort pour l'ouvrir sans danger. Il jeta un coup d'œil par la fenêtre pour s'assurer qu'il n'y avait personne en vue, puis fit glisser le loquet et souleva le couvercle. Un parfum de cèdre se répandit autour de lui lorsqu'il sortit les vêtements, les chapeaux et la guitare, avant de mettre enfin la main sur la liasse de courrier, dont il dénoua le ruban avec précaution.

Les cartes et les lettres étaient toutes adressées à une dénommée Maria et signées de la main d'un certain Enrique. Le jeune homme disait à Maria combien il regrettait qu'elle ne soit pas avec lui pour visiter tel château, dans un lointain pays. Il lui disait que leur amour était semblable à ces rivières qui coulaient sous les vieux ponts de pierre qu'il avait traversés. Il lui disait qu'il la trouvait mille fois plus jolie que toutes ces femmes magnifiquement vêtues qu'il avait rencontrées.

Enrique avait une écriture élégante, pleine de fioritures, et un style tout aussi raffiné. Au fil des phrases, il exprimait avec ardeur son désir de revoir Maria, son espoir de vivre à ses côtés et ses rêves de bonheur partagé.

Neftali lut et relut toutes les lettres et toutes les cartes, sans exception. Serait-il un jour capable d'écrire aussi bien? De trouver des mots si touchants qu'on aurait envie de les conserver à tout jamais? Après avoir renoué le ruban, il déposa le paquet au fond du coffre, empila par-dessus les vieux vêtements, puis rabattit le couvercle.

Le garçon passa l'après-midi assis à son bureau, les yeux rivés sur ses devoirs. Mais il ne pensait pas aux mathématiques. Il pensait à l'amour. Il écrivit le mot *amor* sur un bout de papier et se le répéta maintes et maintes fois. Finalement, il plia le papier et alla le déposer dans le tiroir de sa commode, avec tous les autres mots qu'il collectionnait. Il attendit un moment, mais le tiroir ne s'ouvrit pas ; pas plus que les mots ne s'envolèrent pour former de belles phrases. En guise d'entraînement, Neftali décida alors d'écrire une lettre affectueuse à l'un des membres de sa famille. Peut-être aurait-il moins de difficulté à s'adresser ensuite à Blanca ?

« Voyons, se dit-il, quels sont les gens que j'aime ?

Laurita.

Oncle Orlando. »

Comme il savait qu'il était de son devoir d'aimer son père, il l'ajouta à sa liste.

Quant à Mamadre, la question ne se posait même pas. C'était la personne la plus adorable du monde.

Neftali éprouva un immense élan de gratitude à la pensée de tout ce que Mamadre avait fait pour lui. Il prit un crayon et commença à écrire les mots que Mamadre lui évoquait. Bientôt, il fut tellement absorbé que les phrases s'imposèrent d'elles-mêmes.

Au bout d'un moment, Neftali inspira profondément. Il ressentait une étrange satisfaction et souhaitait partager les vers qu'il venait de composer. Il regarda par la fenêtre. Depuis combien de temps était-il là ? Sans doute des heures.

Il entendit soudain des voix. Sautant de son siège, il courut trouver Mamadre. Elle était dans le salon, en train de prendre le café avec son mari.

Neftali s'arrêta sur le pas de la porte et attendit que son père lui fasse signe d'entrer. Il avait les mains moites et tremblantes. Finalement, il tendit sa feuille.

Son père la lut mais, au lieu de la passer ensuite à Mamadre, il la lui rendit en disant :

– Où est-ce que tu as copié ça ?

– J-je ne l'ai pas copié. C'est moi qui l'ai écrit.

– Ma parole, tu es un véritable imbécile ! Tu sais, Neftali, le jour où tu devras te trouver un gagne-pain, tu regretteras d'avoir gaspillé ton temps à ces fadaises. Va faire tes devoirs, et vite!

Avant de quitter la pièce, Neftali croisa le regard de Mamadre. Celle-ci lui adressa un petit sourire tendu, sans rien dire. «Je lui montrerai mon poème lorsque Père ne sera pas là», songea le garçon.

De retour dans sa chambre, il s'assit et contempla la page blanche sur laquelle il était censé écrire une lettre à Blanca. Il se leva et se mit à faire les cent pas tout en se frottant les tempes. Les lettres d'amour d'Enrique étaient si limpides! On avait l'impression que les phrases venaient directement de son cœur. Qu'y avait-il dans le cœur de Guillermo ? Neftali n'en avait pas la moindre idée. Il savait simplement ce qu'il y avait dans le sien. Tout à coup, il sentit venir un flot de mots qu'il ne put contenir. Il se rassit à son bureau et commença. *Chère Blanca...*

Il exprima alors tous les sentiments que Blanca lui inspirait, loua sa beauté, ses yeux, la douceur de sa voix. Il lui avoua combien il l'admirait de loin, sans jamais oser s'approcher d'elle pour lui parler. À la fin de sa lettre, il hésita un instant, le stylo en suspens. Il s'agissait de ses propres pensées, de ses propres mots. Il signa pourtant « Guillermo ». À l'idée que Blanca allait attribuer sa déclaration d'amour à cette brute, Neftali éprouva une douleur sourde dans la poitrine.

~ ~ ~

Le lendemain, Neftali ne voulut pas assister à la remise de la lettre, et encore moins à la réaction de Blanca. Que se passerait-il si elle la jetait à la figure de Guillermo ? Est-ce que celui-ci se vengerait sur lui ? Après l'école, Neftali se hâta de rentrer chez lui par les rues de la ville.

Il entendit bientôt des pas derrière lui. Nul doute que la lettre avait été un fiasco. Il avait dû se montrer trop sentimental, ou pas assez. Son père avait raison : il était vraiment un imbécile.

À présent, Guillermo allait le rouer de coups. Neftali sentit la même terreur s'emparer de lui que quand son père l'avait forcé à entrer dans la mer. Sans se retourner, il se mit à marcher plus vite. Derrière lui, les pas s'accélérèrent aussi. Il tourna à l'angle d'une rue et s'aplatit dans le renfoncement d'une porte, le cœur battant à tout rompre.

Quelques instants plus tard, Neftali se trouva nez à nez avec Blanca.

Il baissa aussitôt les yeux, l'estomac noué, les joues brûlantes.

– J'ai reçu une lettre aujourd'hui, déclara Blanca.

Le regard du garçon resta rivé sur le pavé.

– Une lettre de Guillermo.

Neftali était au bord de la nausée.

– Sauf que Guillermo est incapable d'aligner trois mots, poursuivit Blanca. Toi, par contre, tu es un artiste dans ce domaine.

Neftali osa relever la tête de quelques centimètres.

– C'est toi qui as écrit cette lettre, n'est-ce pas ? demanda Blanca en se balançant lentement d'un pied sur l'autre.

Neftali acquiesça en silence.

– J'en étais sûre ! reprit Blanca. Laurita n'arrête pas de dire que tu as toujours la meilleure note en rédaction.

Neftali aurait souhaité entrer dans un trou de souris. Il avait le vertige et l'impression d'avoir reçu un coup sur la nuque. Il jeta un bref regard à Blanca avant de baisser les yeux à nouveau.

Blanca tendit la main en souriant. Au creux de sa paume, il y avait un coing.

– C'est pour toi, dit-elle. Ta lettre m'a beaucoup plu. J'aimerais bien en recevoir d'autres.

Neftali prit le beau fruit jaune en forme de poire et le contempla sans un mot.

Blanca, qui attendait une réponse, se mit à frotter le sol du bout de sa chaussure.

– Je te jure de ne rien dire à Guillermo, ajouta-t-elle.

Neftali avait du mal à respirer. Il était déjà gêné quand un adulte le dévisageait. Quand il s'agissait d'une fille – surtout cette fille-là –, c'était encore pire. Il avait les poumons en feu. Mais cette fois, sa douleur allait de pair avec une curieuse sensation de bonheur.

Il tourna le dos à Blanca et partit en courant. « Ta lettre m'a beaucoup plu, ta lettre m'a beaucoup plu, ta lettre m'a beaucoup plu », se répétait-il comme une ritournelle.

Au lieu de manger le coing, Neftali le rangea parmi sa collection d'objets. Le fruit allait bientôt se dessécher et se flétrir, mais cela lui était égal. Blanca l'avait touché ! Il souleva le galet en forme de cœur et le plaça juste à côté du coing. En échange de ce gage d'affection, peut-être aurait-il un jour le courage d'offrir son cœur à Blanca.

~ ~ ~

Chaque semaine, Neftali écrivait à Blanca une lettre signée « Guillermo » et il observait, de loin, le rituel qui se déroulait à la sortie de l'école : Guillermo tendait l'enveloppe à Blanca, qui le remerciait en souriant poliment. Ensuite, Blanca s'éloignait de son côté, et Guillermo du sien. Dès qu'il était hors de vue, Blanca lançait alors un coup d'œil... à Neftali.

À ce signal, Neftali baissait la tête et commençait à suivre Blanca. Celle-ci faisait exprès de marcher lentement et s'arrêtait même de temps à autre pour que le garçon la rattrape et qu'elle puisse lui offrir un autre coing. Comme la première fois, Neftali ne disait jamais un mot et rentrait chez lui en courant pour ajouter le fruit à sa collection.

~ ~ ~

L'après-midi où Blanca lui donna le cinquième coing, Neftali trouva Laurita assise à la table de la cuisine, la tête enfouie au creux de ses bras, en train de pleurer à chaudes larmes tandis que Mamadre lui caressait le dos.

– Que se passe-t-il ? s'enquit le garçon.

– Laurita est triste parce que Valeria va déménager. Son oncle est tombé malade, et son père doit immédiatement se rendre à Antofagasta reprendre l'affaire dont il s'occupait. Valeria, Blanca et leurs parents partiront demain par le premier train.

Laurita releva la tête en reniflant.

– Valeria est ma... meilleure... amie ! hoqueta-t-elle avant de s'effondrer à nouveau sur la table.

– Si tu veux, nous irons lui dire au revoir à la gare, lui proposa Mamadre. Voyons... que pourrais-tu lui offrir comme cadeau de départ ?

– Je ne veux pas qu'elle m'oublie ! Je veux qu'elle se souvienne toujours de moi, toujours !

– Je sais, je sais, murmura Mamadre. Nous allons lui trouver quelque chose de formidable, rassure-toi.

Neftali laissa Mamadre consoler sa sœur et disparut dans sa chambre. Il s'assit au bord du lit et se tint le ventre à deux mains. Avait-il reçu un coup sans s'en apercevoir ? Antofagasta se trouvait à l'extrême nord du Chili, à près de deux mille kilomètres de Temuco. Autant dire qu'il avait peu de chances de revoir Blanca. Il contempla les coings alignés sur la commode et celui qu'il tenait à la main. Il était désespéré à l'idée que Blanca puisse l'oublier, lui aussi.

Il prit son galet en forme de cœur et alla regarder par la fenêtre. Un chariot qui passait dans la rue soulevait un nuage de poussière. À travers ce brouillard grisâtre, Neftali se vit en train de marcher vers Blanca, qui se tenait sur le quai de la gare. Leurs regards se croisèrent. Il se fraya un chemin à travers la foule pour la rejoindre et lui glissa le galet dans la main. Bouleversée, Blanca se jeta au cou de Neftali et lui déposa un baiser sur la joue. Ils promirent de s'écrire chaque semaine, jusqu'à la fin de leurs jours. Ensuite, Blanca monta dans le train. Elle se pencha par la fenêtre et, du bout des doigts, lui envoya des baisers. Neftali agita la main jusqu'à ce que le fourgon de queue eût disparu. C'est seulement alors qu'il fendit la foule en sens inverse, indifférent aux regards que les gens – y compris Guillermo – lui jetaient au passage.

Neftali s'écarta de la fenêtre. Après avoir tourné et retourné le galet dans sa main, il le glissa dans sa poche et attendit le lendemain matin.

~ ~ ~

Le jour vint. Neftali s'habilla et, de la fenêtre de sa chambre, observa tristement la scène qui se déroulait sur le quai de la gare. Parmi les voyageurs qui prenaient congé de leurs parents ou amis, il aperçut Blanca et sa famille. Mamadre et Laurita s'avancèrent à leur rencontre, de même que certains élèves de l'école, dont Guillermo. Des hommes entouraient le père de Blanca. Certains lui serraient la main, d'autres lui donnaient l'accolade. Des femmes venaient embrasser la mère de Blanca, glissaient des petits pains ou des sucreries dans son panier en prévision du long voyage. Laurita et Valeria se tenaient par la main. Elles s'étaient mutuellement offert une écharpe que chacune portait autour du cou.

Lorsque le train arriva en gare, les hommes aidèrent le père de famille à charger les nombreux bagages.

Au dernier moment Laurita se précipita vers Blanca, juste avant que celle-ci ne monte dans le wagon, et elle lui glissa le galet dans la main. Blanca examina le petit cœur de pierre, puis se mit à scruter la foule. Finalement, elle renonça et grimpa dans le train.

Derrière le rideau de la fenêtre, Neftali regarda le panache de vapeur s'élever de la cheminée de la locomotive.

Il regarda le train s'ébranler lentement et s'éloigner de la gare en haletant.

Il le suivit des yeux jusqu'à ce que l'ombre du fourgon de queue eût disparu.

Qui tisse la toile compliquée

dans laquelle l'esprit timide

se prend au piège ?

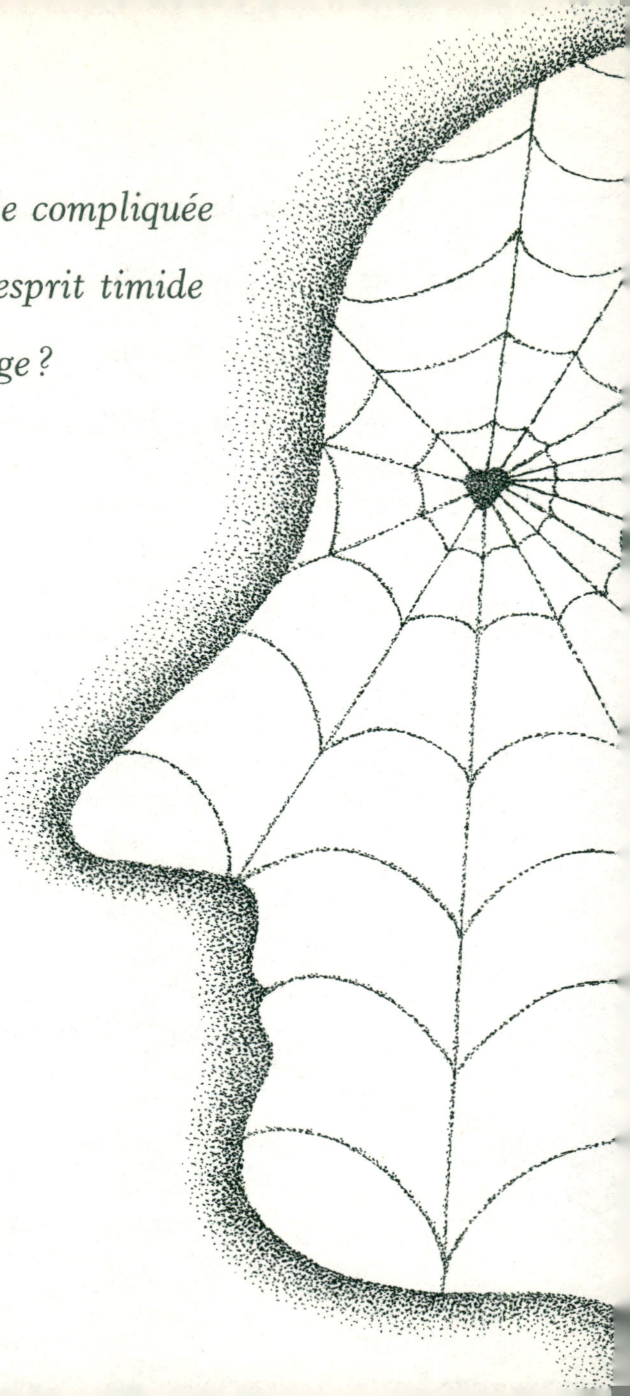

LA PASSION

AVEC UN TINTAMARRE ASSOURDISSANT, des gouttes d'eau géantes crépitaient dans la chambre de Neftali.

Son ami le *chucao* survolait ses collections de cosses et de pommes de pin en criant son nom.

Une vague se brisa contre la fenêtre et une dentelle d'écume s'infiltra dans l'embrasure.

Neftali essayait de trouver le sommeil, mais chaque fois qu'il se retournait dans son lit, les bruits s'amplifiaient. Était-ce la perspective du lendemain qui l'angoissait au point de lui brouiller l'esprit ?

Il ouvrit les yeux et regarda autour de lui. Le bruit des vagues et les images de mer n'avaient rien d'étonnant, car il venait juste de rentrer de Puerto Saavedra, où il avait passé son troisième été. Quant à sa vieille amie la pluie, elle résidait en permanence à Temuco et en lui. Neftali estimait cependant qu'elle aurait pu lui accorder un peu de répit, eu égard à l'anxiété qui le rongeait cette nuit-là.

La présence du *chucao*, en revanche, était assez déconcertante. Certes, Neftali était retourné à plusieurs reprises dans la forêt avec son père et il avait souvent entendu l'oiseau, mais il n'avait eu qu'une seule fois l'occasion de le voir, et c'était quand il avait huit ans. Que faisait donc ce *chucao* dans sa chambre ? Voulait-il l'avertir de quelque chose ? Avait-il chanté à gauche ou à droite ?

Troublé, Neftali rabattit la couverture sur sa tête et tenta de s'enfouir dans le matelas. Même s'il avait maintenant treize ans et dépassait Rodolfo en taille, il était toujours affreusement maigre, et son corps laissait à peine une empreinte sur le lit.

Il finit par renoncer à dormir, rejeta sa couverture et autorisa les gouttes de pluie, le *chucao* et les vagues à poursuivre leur folle sarabande. Puis il choisit un livre parmi les nombreux volumes qui s'amoncelaient sur les étagères et commença à lire. Mais la seule phrase qui ne cessait de lui sauter aux yeux était : « Que te réserve demain ? »

~ ~ ~

Le lendemain après-midi, Neftali, un cahier à la main, se mit à faire les cent pas devant le bureau du journal que dirigeait son oncle. Il se passa les doigts dans les cheveux et, au contact de son front ruisselant de sueur, se rendit compte qu'il ne s'était pas senti aussi nerveux depuis ses brèves entrevues avec Blanca, deux ans auparavant, lorsqu'elle lui donnait des coings en échange de ses lettres d'amour. Aujourd'hui, il avait simplement rendez-vous avec Oncle Orlando, certes, mais cela revenait quand même à affronter quelqu'un les yeux dans les yeux. Quelqu'un qui allait porter un jugement de valeur sur lui.

«Encore heureux qu'il ne s'agisse pas d'un face-à-face avec mon père», songea le garçon. De fait, José Reyes se plaisait à raconter à qui voulait l'entendre que son fils deviendrait soit médecin, soit dentiste. Plus son père insistait, plus Neftali avait la conviction qu'il n'embrasserait ni l'une ni l'autre de ces professions.

Avant de quitter Puerto Saavedra, il était allé discuter avec Augusto et lui avait confié ses craintes à propos de son avenir. «On trouve toujours le moyen de faire ce que l'on aime», lui avait affirmé le vieil homme.

La porte s'ouvrit et Orlando passa la tête à l'extérieur.

– Neftali ! C'est toi ? Que fais-tu là, à tourner en rond devant le journal ? Entre, voyons !

L'adolescent respira à fond. Alors qu'il pénétrait dans le bureau, il essaya d'imaginer la réaction de son oncle à l'écoute de sa requête. Puis il essaya d'imaginer celle de son père.

Orlando retourna s'asseoir à sa table, classa quelques papiers, puis leva les yeux en disant :

– On dirait que tu vas t'évanouir d'une seconde à l'autre ! Assieds-toi, mon neveu.

Neftali obtempéra.

– Qu'est-ce qui te tourmente à ce point ? poursuivit Orlando.

– J'ai q-quelque chose à te demander. Deux choses, à vrai dire.

L'homme se pencha en avant, l'air inquiet :

– Vas-y...

– Tu te rappelles ? Quand j'étais petit, tu m'as dit qu'un jour je travaillerais pour toi...

Le journaliste se cala dans son siège et étudia son neveu.

– Quel âge as-tu maintenant ? Tu vas sur tes quatorze ans, non ?

Neftali hocha la tête.

– Eh bien... tu me parais assez grand, oui. Ce serait une bonne expérience. Mais il faudra que tu viennes après les cours. Et tu ne gagneras pas lourd...

– Ça m'est égal, s'empressa d'affirmer Neftali.

Le visage d'Orlando s'éclaira d'un sourire, puis redevint sérieux.

– Il y a cependant une condition, reprit-il. Nous devons obtenir l'autorisation de ton père.

À ces mots, Neftali se rembrunit et ses épaules s'affaissèrent.

– Je sais, lâcha-t-il.

Son oncle s'accorda un moment de réflexion :

– Voyons voir… Il y a un grand dîner chez toi ce soir, n'est-ce pas ?

– Oui, répondit Neftali. Père rentre d'un long voyage, et il a invité beaucoup de monde. Rodolfo sera là, lui aussi. Il restera même quelques jours à la maison.

– Donc, José sera de bonne humeur. Laisse-moi agir. J'attendrai le moment opportun pour lui demander si tu peux travailler pour moi. Bon, et cette deuxième chose dont tu voulais me parler?

Neftali tendit son cahier:

– Je participe à un concours d'écriture entre toutes les écoles de filles et de garçons. Le texte du gagnant sera publié dans le journal des étudiants. Je dois rendre le mien demain et... j'aurais aimé que tu le lises d'abord et que tu me donnes ton avis.

Oncle Orlando s'empara du cahier.

– C'est le moins que je puisse faire pour un futur employé, déclara-t-il avec entrain. Je te le rapporterai ce soir. J'ai hâte de voir Rodolfo. Est-ce qu'il est content de son nouveau poste à Santiago?

– Je n'en sais trop rien, répondit Neftali. On ne le voit pas souvent et, quand il est là, il ne parle pas beaucoup de son travail. Il me m-manque, tu sais.

– C'est la vie ! Rodolfo est un homme, maintenant. (Orlando fit un geste vers la porte.) Allez, file ! Je suis sûr que Mamadre et Laurita ont besoin d'aide, et moi je dois me dépêcher de terminer, sinon je n'aurai pas le temps de lire ton papier.

En rentrant chez lui, Neftali essaya d'imaginer à quel moment son père pourrait être le plus disposé à lui accorder sa permission. Il eut beau chercher, il n'en trouva aucun.

La seule vision qui lui venait était celle d'une silhouette imposante, drapée dans une cape noire, qui lui barrait le chemin.

Ce soir-là, on but, on parla et on mangea en abondance. Neftali attendait Rodolfo avec impatience mais, dès son arrivée, celui-ci alla saluer les hommes d'affaires invités par son père et, l'air guindé, partit discuter avec eux dans un coin. Avec leurs costumes noirs, leurs chemises blanches et leurs mines sévères, on aurait dit une réunion de vautours.

Finalement, Neftali capta le regard de son frère et lui adressa un petit signe de la main. Rodolfo lui répondit d'un bref hochement de tête, puis se tourna de nouveau vers ses interlocuteurs.

Lorsque tout le monde fut à table, le maître de maison désigna une chaise vide, juste à côté de Neftali.

– Où est Orlando ? demanda-t-il.

– Il te fait dire qu'il est retenu, l'informa Mamadre.

Neftali ne put cacher sa déception. Il avala sa soupe à toutes petites gorgées. « Mon histoire n'a peut-être pas plu à Oncle Orlando ? » songea-t-il avec désarroi. « Du bout des lèvres, il goûta au poulet rôti. S'il n'a pas aimé mon texte, est-ce qu'il aura encore envie de m'engager ?

Peut-être qu'il ne cherchera même pas à en parler à Père ?»

Quand Mamadre partit chercher le dessert en cuisine, Neftali était convaincu que son oncle ne viendrait plus.

Quelques minutes plus tard, pourtant, un double coup retentit à la porte d'entrée, et Orlando fit son apparition. Malgré son soulagement, Neftali sentit se crisper tous les muscles de son corps.

– Veuillez excuser mon retard, dit le journaliste en jetant un regard à la ronde, mais il fallait que je boucle l'édition de demain.

– Dites-nous donc quelles sont les nouvelles, qu'on puisse les divulguer avant leur parution ! lança un commerçant.

Tout le monde s'esclaffa.

– Bah ! La routine, reprit Orlando. La météo ; les mariages ; les décès ; encore un Mapuche assassiné parce qu'il refusait de quitter ses terres. J'imagine que cela n'a rien de nouveau pour ceux d'entre vous qui sont impliqués, de près ou de loin, dans ces agissements inhumains. Mais laissons cela pour l'instant. L'information du jour, c'est qu'une association vient de se créer pour intervenir au nom des Mapuches lors des assemblées générales de la ville.

– Quelle drôle d'idée de vouloir prendre la défense de ces soi-disant opprimés, lâcha le commerçant. Grâce aux promoteurs, les affaires fleurissent, ce qui génère davantage d'emplois, et vous vous apitoyez sur une poignée d'Indiens qu'on déloge !

– Qu'on déloge de chez eux, souligna le journaliste.

– C'est très contestable, riposta le commerçant.

Neftali craignit une nouvelle altercation.

Oncle Orlando fit un pas en avant, prêt à argumenter, puis il se ravisa, comme s'il venait subitement de se rappeler quelque chose.

– Écoutez, dit-il en souriant à son adversaire, ce soir, je ne suis pas d'humeur batailleuse. Si vous n'y voyez pas d'inconvénient, j'aimerais plutôt vous lire un article qui paraîtra dans l'édition de demain.

Un murmure de curiosité parcourut l'assemblée des convives.

Lorsque tous les regards furent braqués sur lui, Orlando s'éclaircit la voix et commença :

– « Enthousiasme et persévérance... »

Neftali écarquilla les yeux. Avait-il bien entendu ? C'était le titre de son essai ! Il eut l'impression que des cailloux s'entrechoquaient dans son ventre. Tandis qu'Oncle Orlando lisait son texte sur l'importance d'aller jusqu'au bout de ses rêves et de ne pas se décourager, Neftali parcourut la tablée des yeux. Il constata que tout le monde était captivé par l'histoire de ces hommes partis à la découverte de nouveaux mondes, qui avaient bravé tous les périls et surmonté quantité d'obstacles.

Orlando poursuivit sa lecture avec ardeur, visiblement en parfait accord avec les idées de son neveu, à savoir que les explorateurs de jadis étaient des modèles de détermination et de persévérance, voire des héros.

Vers la fin, sa voix se fit plus douce et son élocution plus lente. C'est d'un ton grave et pensif qu'il termina sur les mots suivants :

– « Il ne faut pas négliger l'exemple de Christophe Colomb, de Marconi ou de leurs semblables, car ils nous montrent la voie d'une existence plus digne ; sans eux, il est impossible de vivre. »

Il y eut un long silence. Neftali baissa les yeux, certain que personne n'avait apprécié son texte.

Soudain, ce fut un tonnerre d'applaudissements. Le garçon releva la tête et regarda les convives l'un après l'autre. Chacun paraissait enthousiaste. Même son père frappait dans ses mains en souriant.

– Qui a écrit ça? voulut savoir l'un des invités.

Neftali s'efforça de réguler sa respiration.

– Un jeune homme de treize ans, répondit le journaliste. J'espère d'ailleurs qu'il travaillera bientôt pour moi.

Sur ce, Orlando désigna son neveu d'un geste théâtral :

– J'ai nommé : Neftali Reyes !

– *Felicitaciones !* s'exclama Laurita.

– Oui, bravo, c'est tout à fait remarquable ! appuya le commerçant.

Neftali avait les mains tellement tremblantes qu'il les coinça entre ses genoux. Comment pouvait-il être à la fois si fier et si terrifié ?

Il s'aperçut que son père l'observait en plissant les paupières, un léger rictus aux lèvres. Le garçon s'empressa de replonger dans son assiette.

José Reyes se racla la gorge.

– Chers amis, je me réjouis que ce petit divertissement vous ait plu ! clama-t-il avec un entrain forcé.

Du coin de l'œil, Neftali nota que son père n'avait pas l'air réjoui du tout.

– J'ignorais que ton fils avait un tel talent d'écrivain, José ! lança l'un des invités.

– Oh, ce n'est qu'un passe-temps, rectifia le maître de maison d'un ton désabusé. Une amusette, voilà tout. Si nous parlions d'autre chose ?

– Je l'engagerais volontiers comme assistant, annonça Orlando. Un petit boulot après l'école lui permettrait de mettre de l'argent de côté en prévision de l'université, non ?

– Je lui verserai une pension pour ses études à condition qu'il s'oriente vers un métier convenable, gronda José Reyes, les joues rouges de colère.

– Mais cette pension ne couvrira pas tous les frais, Père, intervint Rodolfo. S'il travaille, Neftali aura de quoi s'acheter des livres au lieu de les emprunter.

Surpris, Neftali leva les yeux vers son frère, assis juste en face de lui. Rodolfo ne lui avait pas adressé la parole de la soirée, et voilà qu'il prenait sa défense !

– C'est hors de question, trancha le père. Pour le moment, Neftali doit se consacrer entièrement à ses cours, ne serait-ce que pour pouvoir *entrer* à l'université.

– Il a les meilleures notes de sa classe, poursuivit Rodolfo.

Et, jetant un bref regard à son jeune frère pour l'encourager à parler, il ajouta :

– C'est vrai, non ?

– Sauf en mathématiques, avoua Neftali. Mais j-j-je ferai tout pour m'améliorer. Et si je travaille au journal, je te p-p-promets que mes notes n'en souffriront pas.

Il avait osé s'adresser tout haut à son père. Il n'en revenait pas ! Comment avait-il trouvé les mots ?

José Reyes leva la main en signe de protestation, mais Orlando le prit de vitesse.

– Neftali ira à l'université dans trois ans, résuma-t-il. Entre-temps, je lui apprendrai à se servir d'une presse d'imprimerie et à se familiariser avec la gestion d'un journal. Car il est toujours utile de s'y connaître en affaires, pas vrai, Rodolfo ?

Le jeune homme hocha la tête et confirma sans enthousiasme :

– Comme dit Père, « le commerce, c'est l'avenir ». Je suis bien placé pour le savoir.

À ce moment-là, Mamadre entra et déposa devant son mari un plat rempli *d'alfajores*, biscuits fourrés à la confiture de lait et saupoudrés de sucre glace.

Autour de la table, tout le monde poussa de petits grognements de gourmandise.

– Chez toi, José, reprit le marchand, on trouve toujours de quoi se régaler l'esprit et l'estomac !

– Alors c'est réglé, enchaîna Orlando. Passe-nous donc ces délicieux *alfajores*, José !

Le dessert circula de main en main, et les convives se répandirent en compliments.

Orlando donna un coup de coude à son neveu.

Le garçon n'osa regarder ni son oncle ni son père, mais il tourna la tête vers Rodolfo, qui lui adressa un bref sourire. Neftali n'avait jamais vu de sourire aussi triste.

Lorsqu'on lui passa le plat d'*alfajores*, Neftali se concentra sur le choix de son gâteau et, tout en le mangeant, regretta de ne pas pouvoir corriger son essai pour ajouter Oncle Orlando et Rodolfo à sa liste de héros.

~ ~ ~

Neftali commença à travailler au journal dès le lendemain après-midi.

Au bout de deux mois, il savait faire fonctionner la presse. Ses doigts étaient noirs à force de retirer les pages encore humides d'encre de la machine, dont la cadence lui était entrée dans la tête :

cliketi-CLAC, ffffuu-ah
cliketi-CLAC, ffffuu-ah
cliketi-CLAC, ffffuu-ah

Neftali entendait cette rengaine mécanique même quand la rotative était au repos ; lorsqu'il répartissait les caractères en métal dans les différents casiers ; lorsqu'il allait faire une course ou encore à présent, alors qu'il sifflotait, en nage, à la fin d'une longue journée.

Il espérait qu'un autre texte de lui paraîtrait bientôt dans le journal. Orlando le lui avait promis, mais il avait été tellement occupé ces derniers temps que Neftali n'avait pas osé lui en reparler, d'autant que son oncle se comportait de façon étrange, voire inquiétante. Il entrait en trombe dans les locaux du journal pour en ressortir presque aussitôt ; il ne disait jamais où il allait ; il envoyait Neftali porter des lettres à droite, à gauche, tout en lui faisant jurer de n'en souffler mot à personne ; il rencontrait des gens à la nuit tombée, non pas dans son bureau mais au coin de la rue, même par temps de pluie.

cliketi-CLAC, ffffuu-ah
cliketi-CLAC, ffffuu-ah

Orlando s'engouffra dans le bureau, s'empressa de claquer la porte derrière lui et de fermer les fenêtres. Le front barré d'un pli soucieux, il lança d'une voix tendue :

– Neftali, va chercher des chaises et mets des couvertures aux fenêtres !

– Pourquoi ? voulut savoir Neftali.

– Les membres de l'association de défense des Mapuches ont l'intention d'organiser une action contre les promoteurs. Comme ils avaient besoin d'un lieu de réunion, je leur ai proposé nos locaux. Ils seront là dans quelques heures. Étant donné qu'ils sont de plus en plus nombreux, ils arriveront peut-être à se faire entendre.

En attendant, personne ne doit être au courant de la réunion de ce soir.

– Oui, je comprends, dit Neftali en s'essuyant les mains sur un chiffon.

– S'il y avait une fuite, ce serait dramatique. Les promoteurs sont capables de tout. Ils ont déjà tué tellement de gens...

À ces mots, une légère crainte s'empara de Neftali.

– M-mais... comment savoir si ceux qui viendront ici sont de votre côté ou non? demanda-t-il.

Son oncle déplia une couverture et la lui tendit.

– Tu feras le guet près de la fenêtre. Si tu repères quelqu'un de suspect, tu me préviendras. Nos adversaires peuvent très bien nous envoyer un espion, mais... (le journaliste haussa les épaules) je suis prêt à courir le risque.

~ ~ ~

La nuit venue, Neftali alla se poster au coin d'une fenêtre et commença à observer les arrivants. Comment distinguer un adversaire d'un partisan des Mapuches ? Qu'arriverait-il s'il laissait entrer un traître ? S'il alertait Oncle Orlando, y aurait-il des échanges de coups de feu ?

La surveillance se révéla plus facile que prévu. Comme le remarqua Neftali, les gens qui s'entassaient peu à peu dans les bureaux exigus du journal étaient d'apparence beaucoup plus modeste que ceux qui étaient venus dîner chez ses parents. Ce n'étaient pas les propriétaires de magasins qui étaient là ce soir mais leurs employés. Ce n'étaient pas de gros exploitants agricoles mais de simples paysans. Ce n'étaient pas des notables mais des boulangers, des couturières ou des forgerons.

Tout en assumant son rôle de sentinelle, Neftali ne perdait pas une miette de ce qui se disait dans son dos. D'une voix ferme,

Oncle Orlando évoqua les droits des Mapuches, puis exposa le projet d'une manifestation pacifique pour exiger le respect de tous les êtres humains.

À la fin de la réunion, Neftali observa les gens qui sortaient à la queue leu leu. Le visage rayonnant d'espoir, chacun serrait la main d'Orlando et le remerciait avec chaleur.

Après avoir rangé les chaises, ôté les couvertures des fenêtres et fermé la porte à clef, l'oncle et le neveu s'en allèrent ensemble, et en silence, à travers les rues. Le cœur de Neftali était encore imprégné de l'énergie qui avait animé la réunion. Au-dessus de lui, les étoiles paraissaient palpiter. Les cieux avaient-ils été touchés, eux aussi, par ce formidable élan d'humanité ?

Alors qu'Orlando s'apprêtait à partir de son côté, Neftali lui demanda :

– Est-ce que cette manifestation aura du succès ?

– Oui, si les gens n'ont pas peur et s'ils sont convaincus de la légitimité de leur cause. Mais tu sais, mon neveu, les choses sont beaucoup plus difficiles quand il s'agit de passer à l'acte. Les hommes peuvent se montrer forts à un moment donné, et faibles l'instant d'après. Et ce n'est pas forcément leur faute.

Orlando commença à s'éloigner, puis il se retourna et, comme s'il y pensait après coup, lança :

– Rentre bien, mon neveu !

L'adolescent agita le bras en guise de réponse, espérant au fond de lui qu'il saurait se montrer fort, le moment venu. Mais il n'en était pas absolument sûr.

Il était tard lorsque Neftali arriva chez lui. Dans sa chambre, la lune éclairait les collections de coquillages, d'insectes et de bouts de verre dépolis, désormais exposés dans des boîtes ou des cagettes clouées au mur.

Les nids, les brindilles et les cosses s'alignaient toujours en rangs bien ordonnés sur la commode. Neftali ouvrit le tiroir du bas, souleva son mouton en peluche et sortit l'un des cahiers qu'il gardait tout au fond. Le clair de lune lui offrait juste assez de lumière pour qu'il puisse coucher ses impressions du jour sur le papier. Il remit ensuite le cahier et son mouton protecteur en place, puis se glissa dans son lit.

Peu après, les mots qu'il venait d'écrire se tortillèrent pour s'arracher des pages. Ils s'échappèrent ensuite du tiroir, et les lettres qui les composaient s'empilèrent les unes sur les autres, formant des tours majestueuses qui s'érigèrent autour de Neftali, telle une cité pleine de promesses.

Soudain arriva un petit mot très infatué de lui-même. Avec la voracité d'un termite, il s'attaqua aux grands mots et grignota leurs fondations jusqu'à ce que les tours vacillent et s'effondrent.

Alors il ne resta plus qu'une seule syllabe bien grasse :

PEUR

~ ~ ~

Au milieu de la nuit, Laurita vint secouer son frère :

– Neftali, réveille-toi, réveille-toi !

Le garçon se redressa péniblement dans son lit.

– Hein ? Qu'est-ce qui se passe ? marmonna-t-il, encore dans les brumes du sommeil.

– Quelqu'un est venu frapper chez nous. Il paraît que les locaux de *La Mañana* sont en feu...

Neftali s'habilla en toute hâte et se précipita vers la porte d'entrée, mais son père lui barra le chemin.

– Il n'y a rien à faire, lui dit-il en l'agrippant par le bras. Retourne te coucher !

Neftali se dégagea brusquement et rejoignit ceux qui couraient déjà vers les lieux du drame. En se retournant, il aperçut la silhouette de son père dans l'encadrement de la porte. « Pourquoi ne vient-il pas aider, lui aussi ? » se demanda-t-il.

Le cœur battant au rythme de ses pas, il dévala la ruelle en terre battue. Lorsqu'il tourna à l'angle de la rue principale, il vit d'immenses flammes s'élever vers le ciel.

Toute la ville semblait réunie devant les bureaux du journal. Certaines personnes donnaient des instructions à ceux qui tentaient d'éteindre l'incendie ; d'autres essayaient de repousser les badauds qui observaient la scène avec stupeur, la main plaquée sur la bouche.

Neftali se fraya un chemin à travers la foule pour tâcher de trouver son oncle. Il le repéra enfin, debout au milieu de la rue, l'air complètement hébété, une casse d'imprimerie entre les mains.

Il courut vers lui.

– C'est tout ce que j'ai pu sauver, lâcha Orlando en levant le tiroir avec désarroi. Je me suis précipité à l'intérieur, mais c'est tout ce que j'ai pu sauver.

Les secours s'organisèrent. Des équipes firent la chaîne pour acheminer les seaux d'eau, mais leurs efforts étaient dérisoires face à l'énormité du brasier. Neftali se joignit aux volontaires. Même s'il savait que tout cela ne servait à rien, il avait besoin de s'occuper les mains.

Les dernières flammes s'éteignirent au petit matin. Tandis que les badauds regagnaient leur logis ou partaient au travail, Neftali demeura auprès de son oncle. Les locaux du journal n'étaient plus qu'un tas de cendres fumantes. On aurait dit les restes d'un gigantesque feu de joie.

– Pourquoi ont-ils fait ça ? demanda Neftali.

Orlando lui répondit sur un ton posé :

– Pour me forcer à abandonner. En agissant ainsi, les promoteurs veulent impressionner les habitants de la ville. Ils cherchent à semer la panique, certains que les gens vont maintenant craindre pour leur sécurité ou leur emploi, et qu'ils n'oseront plus soutenir notre cause. Et c'est sans doute ce qui va se passer. Du coup... les Mapuches se feront repousser de plus en plus loin et ils finiront par disparaître.

Neftali repensa au jeune Indien qu'il avait rencontré sur le bateau. Lui et sa famille s'étaient éloignés dans une direction, tandis que Neftali et la sienne étaient partis dans le sens opposé.

– Ce n'est pas juste ! s'indigna-t-il. Et c'est ignoble. Il faut alerter les autorités.

– Cela ne ferait qu'envenimer les choses, répliqua son oncle avec un calme déroutant.

– Mais cela fait partie de leurs responsabilités ! Il s'agit d'un incendie criminel.

– Ah, oui, parlons-en, de leurs responsabilités ! soupira le journaliste avec un sourire amer.

– Alors on ne peut plus rien faire ? On continuera à assassiner des innocents, et tout le monde s'en fichera !

Orlando, comme piqué au vif, se redressa légèrement :

– On peut toujours faire quelque chose, Neftali. Pour l'instant, je me soumets. Mais ce n'est qu'une façade. Ils n'arriveront jamais à me faire renoncer à mes convictions personnelles. Dans quelque temps, je reprendrai la lutte.

– De quelle façon ? Et avec quels moyens ? voulut savoir Neftali.

– Je trouverai bien des rédacteurs en chef prêts à m'embaucher dans leur journal – si ce n'est pas dans cette ville, ce sera ailleurs. J'écrirai d'autres articles, d'autres récits. Et à la lecture de ces articles et de ces récits, les gens commenceront à murmurer derrière leur porte. Sais-tu que beaucoup de murmures sont capables de faire énormément de bruit ? Regarde bien. Que vois-tu ?

Neftali demeura perplexe. Qu'y avait-il à regarder ? Le journal que son oncle avait fondé venait de partir en fumée. Et au lieu d'être fou de rage, Orlando était imperturbable.

– Rien, je ne vois rien, répondit-il enfin. Plus de murs. Plus de machines. Tout est détruit.

Il ne reste plus qu'une casse vide. Tes adversaires ont gagné...

D'un geste, le journaliste interrompit Neftali. Il s'approcha d'un monticule de cendres et donna un coup de pied dedans. Apparurent alors quelques braises rougeoyantes qui palpitaient comme autant de petits cœurs.

– Tu te trompes, mon neveu. Il y a toujours quelque chose qui brûle en profondeur, comme au cœur du mont Llaima. Un volcan met parfois des années avant de se réveiller mais, tôt ou tard, il entre en éruption. Mes adversaires ont peut-être réduit *La Mañana* au silence, mais ils ne réussiront jamais à étouffer la voix de mon stylo.

Sur ce, Orlando tendit la main à Neftali.

Le garçon fut frappé par la détermination qui se lisait sur le visage de son oncle.

Il ne voyait pas là un homme exténué de fatigue ; il voyait un homme prêt à la lutte du lendemain.

Il ne voyait pas là un homme couvert de suie de la tête aux pieds ; il voyait un homme drapé de vertu.

Il ne voyait pas là un homme aux yeux battus et rougis ; il voyait un homme fermement résolu à parler au nom de ceux à qui l'on ne donne jamais la parole.

Neftali prit la main de son oncle et la serra fort en disant :

– Ils ne réduiront pas ma plume au silence non plus.

Est-ce que le feu couve
sous les mots ?
Ou bien les mots
couvent-ils sous le feu ?

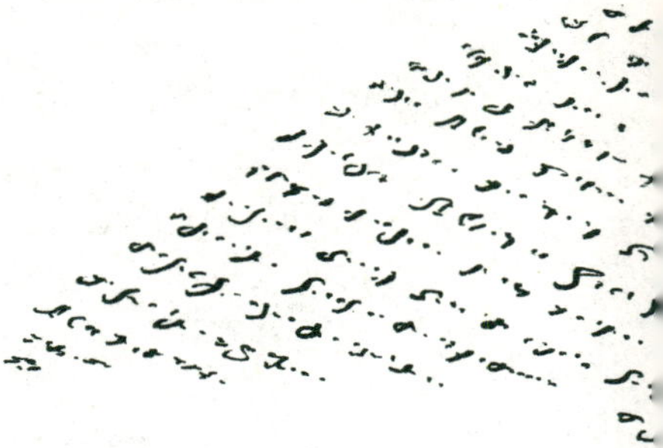

plic – plic

plic – plic

ploc

yep, yep, yep, yep

bloup, bloup, bloup

plic – plic

ploc

plic – plic

plic – plic

ploc

bloup, bloup, bloup

plic – plic

ploc

yep, yep, yep, yep

ting, ting, ting, ting, ting

ting,

ting,

ting,

ting,

ting

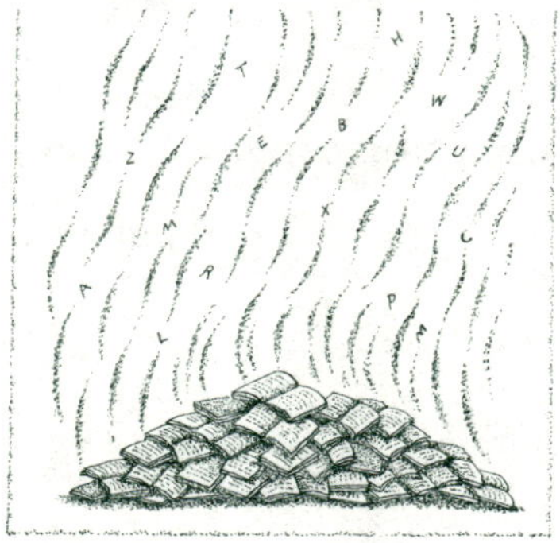

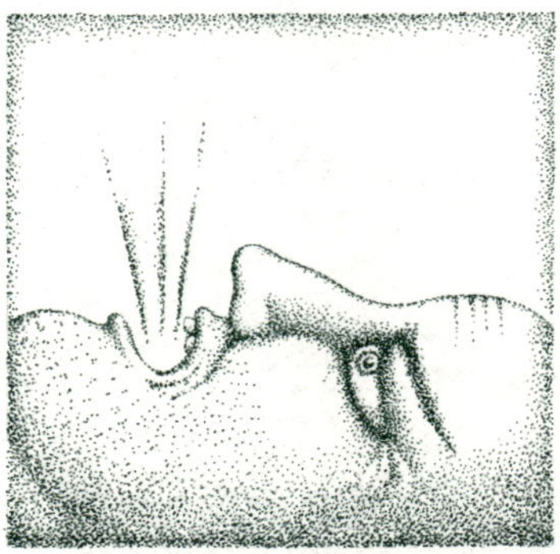

LE FEU

– LAURITA ! cria Neftali depuis la cour des garçons.

Il brandit un journal et se dépêcha de rejoindre sa sœur.

– Regarde, dit-il en lui tendant le mince quotidien. La première publication d'Oncle Orlando ! Il lui a fallu trois ans pour se faire éditer dans une autre ville, mais il y est arrivé. J'ai hâte de le féliciter ! Et de mon côté, j'ai une grande nouvelle à t'annoncer.

Avant de poursuivre, il se pencha pour ramasser un objet brillant dans la boue du caniveau.

– Neftali ! s'impatienta Laurita. Tu n'as pas suffisamment de clefs dans ta collection ?

– C'est grâce aux clefs qu'on ouvre les portes, Laurita. On n'en a jamais assez.

– Allez, dis-moi ta grande nouvelle.

Neftali tira un magazine de sous la pile de livres qu'il tenait au creux du bras :

– On m'a nommé correspondant de *Claridad*, la revue des étudiants de l'université de Santiago !

– Mais tu n'y entreras qu'à l'automne, objecta Laurita.

– Aucune importance. Toutes sortes de gens contribuent à cette revue. Regarde à l'intérieur : il y a un article de moi sur les Mapuches, et *Claridad* m'en a réclamé d'autres. De plus, je suis chargé de distribuer le magazine aux étudiants de Temuco pour les sensibiliser aux causes que défendent ceux de Santiago et faire entendre la voix des écrivains.

– Et qui sont contre le gouvernement, n'est-ce pas ? Tu connais l'opinion de Père à ce sujet. C'est risqué.

Laurita feuilleta la revue pour trouver l'article de son frère.

– Les auteurs de ces textes sont mes héros, reprit Neftali. Ils défendent la justice et l'équité.

Leurs mots poussent les gens à réfléchir. Ils dénoncent ce qui ne va pas dans le monde. Et ce ne sont pas que des étudiants. Il y a aussi des poètes, comme Rojas ou Gonzalez Vera, qui revendiquent la liberté de parole.

– La liberté de parole peut t'attirer des ennuis, argua Laurita.

Ayant enfin trouvé l'article de Neftali, elle le parcourut jusqu'au bout.

– À côté de ton nom, remarqua-t-elle, il y a écrit que tu as l'intention de devenir *poète* ?

– Cela ne veut rien dire, répliqua Neftali, c'est juste une supposition du rédacteur.

– À mon avis, tu ferais mieux de cacher cette revue, poursuivit Laurita. Père n'appréciera guère la supposition de ton rédacteur.

– Je commence à être à court de cachettes, tu sais.

– Attends d'être à l'université. Ensuite, tu feras ce que tu voudras.

– J'aimerais que ce soit possible, mais il faudra quand même que je reste discret sur mes activités d'écrivain. Officiellement, j'étudierai le français dans le but de devenir professeur ou traducteur. Autrement dit (Neftali imita la voix grave de son père) «préparer le terrain avant de me lancer dans le monde des affaires».

– Père a donc abandonné tout espoir de te voir médecin ? s'étonna Laurita.

– Oui, à cause de mes notes en maths. Ce changement d'orientation me permettra au moins de me plonger dans la littérature française en toute légitimité.

– Neftali, promets-moi que tu auras de bonnes notes à l'université, sinon Père te coupera les vivres. Et il faut absolument que tu manges à ta faim, tu es tellement maigre !

– Ne t'inquiète pas, Laurita, je me plierai aussi longtemps que possible à la volonté paternelle, c'est promis.

Un vol de gros oiseaux passa dans le ciel. Neftali et sa sœur levèrent la tête, le temps d'admirer l'accord parfait de leurs battements d'ailes.

– Est-ce que ce sont des ibis ou des spatules ? voulut savoir Laurita.

– Je n'arrive pas à voir, ils sont trop loin, répondit Neftali.

Il continua à marcher le nez en l'air et serait tombé au fond d'un grand trou au milieu de la chaussée si Laurita ne l'avait pas retenu de justesse.

– Regarde où tu mets les pieds au lieu de t'occuper de ces oiseaux ! lui reprocha-t-elle gentiment.

– Merci, Laurita. Tu sais, tu vas me manquer quand je serai à Santiago.

– En admettant que tu ne t'attires pas trop d'ennuis d'ici là ! rétorqua Laurita en riant.

– Je serai capable de me tenir tranquille quelques mois, ne t'en fais pas, lui affirma-t-il.

~ ~ ~

Deux ou trois jours plus tard, Neftali trouva sa chambre sens dessus dessous lorsqu'il rentra chez lui. Quelqu'un avait fouillé dans les tiroirs de la commode et éparpillé tous ses cahiers sur le sol. Il s'apprêtait à les ramasser quand son père apparut dans l'encadrement de la porte, un exemplaire de *Claridad* à la main.

– Tu ne vaux pas mieux que ton oncle, toujours prêt à échauffer les esprits ! gronda-t-il.

Il ouvrit le magazine et, d'une main rageuse, gifla la page où figurait l'article de son fils.

– Qu'est-ce que j'apprends ? Que pour toute ambition, Neftali Reyes se destine à une coupable oisiveté !

– C-c'est une erreur, Père, voilà tout.

– Une erreur de t'avoir autorisé à travailler dans un journal, oui ! tonna José Reyes, le visage bouffi et cramoisi de colère. Tu as la possibilité d'embrasser une carrière honorable, Neftali, je t'interdis d'y renoncer. Et si tu persistes à te fourvoyer, je ne te donnerai pas un sou, tu m'entends ?

Neftali regarda le plancher.

– C'est uniquement parce que Mamadre a plaidé en ta faveur que j'ai toléré ton ridicule hobby jusqu'à présent, poursuivit son père. Mais ma patience est à bout. J'ai écouté Orlando nous lire ta prose à maintes reprises, et ce à ma propre table. Mais dis-toi bien que mes invités n'ont applaudi que par pure politesse. Tu tiens à savoir ce qu'ils pensent réellement ? Que tu es la honte de la famille ! Imagine mon humiliation quand un commerçant m'a montré cet article ! Il ne s'est pas gêné pour me dire qu'il ne viendrait plus dans ce repaire de contestataires qu'était devenue notre maison.

Les joues de José Reyes s'empourprèrent de plus belle.

– Désormais, plus question d'écrire une seule ligne ! tempêta-t-il.

Il ramassa un cahier et le jeta par la fenêtre. Quelques feuilles libres s'échappèrent du cahier, tels des oiseaux cherchant à prendre leur envol. Un deuxième, puis un troisième cahier subirent bientôt le même sort.

Neftali les entendit s'écraser en contrebas, *plaf, plaf,* tandis que son père, courant de tous côtés, continuait à ramasser et à jeter d'autres cahiers par la fenêtre.

Plaf, plaf, plaf.

Il était dans une telle fureur que son visage était à peine reconnaissable. Craignant d'être le prochain à passer par la fenêtre, Neftali recula peu à peu et se plaqua contre le mur.

Heureusement, son père s'en alla dès qu'il ne resta plus un seul cahier dans la pièce.

Neftali se laissa tomber sur le lit et posa la tête au creux de ses mains. «Pourvu que le vent n'emporte rien», songea-t-il. Il décida d'attendre un moment afin d'être sûr que son père ne soit plus dans les parages, avant de descendre dans la rue récupérer ses cahiers et les feuilles qui s'en étaient échappées. Ensuite, il irait les cacher dans un endroit où nul ne les trouverait.

Laurita, livide et les yeux agrandis d'effroi, apparut soudain sur le seuil de la porte. Elle contempla silencieusement la chambre en plein désordre, puis chuchota le nom de son frère :

– Neftali ?

Celui-ci releva la tête et soupira :

– Finalement, je n'ai pas tenu bien longtemps avant de m'attirer des ennuis.

C'est alors qu'ils entendirent leur père s'époumoner dans son sifflet. Deux fois, trois fois, quatre fois, encore et encore, sans relâche.

Laurita se rendit à la fenêtre.

– Ma parole, il est devenu fou ! s'écria-t-elle.

Neftali sauta de son lit et la rejoignit.

Au milieu de la rue, un panache de fumée s'élevait lentement des cahiers auxquels son père venait de mettre le feu.

– Non ! hurla Neftali avant de sortir en trombe de sa chambre.

Il traversa la maison en un clin d'œil et, en quelques pas de géant, il fut sur le trottoir, face au brasier. Il aurait voulu pouvoir sauver une partie, même infime, de ses écrits, mais il n'osait pas mettre la main dans les flammes. Son père se tenait entre lui et ce triste feu de joie, le regard animé d'une lueur de folie, soufflant inlassablement dans son sifflet.

Laurita et Mamadre se précipitèrent à leur tour dans la rue. Les voisins se penchaient à leurs fenêtres, les charretiers s'arrêtaient au milieu de la chaussée, et tous regardaient les sentiments les plus intimes de Neftali se teinter de jaune, d'orange et de bleu. Dévorées par les flammes, ses pensées, ses joies et ses peines se racornissaient peu à peu avant de se muer en flocons grisâtres qui s'envolaient dans les airs, de même que son âme en lambeaux. Sa haine de l'injustice partait en fumée. Et il ne pouvait rien faire contre tout cela.

Pendant tout ce temps-là, le sifflet de son père n'arrêtait pas de lui vriller les tympans.

Neftali baissa la tête et courba le dos. Il était vaincu.

Finalement, son père lâcha son sifflet et hurla :

– Maintenant, on va bien voir ce que tu feras plus tard !

Sur ce, il rentra chez lui comme un ouragan.

Neftali était incapable de bouger. Il avait l'impression d'être vidé de sa substance.

Mamadre, toujours docile, suivit son mari.

Les voisins retournèrent à leurs occupations.

Les charrettes se remirent en mouvement.

Neftali, encore sous le choc, demeura sur place.

Laurita s'approcha de lui.

Sans un mot, ils s'avancèrent tous deux vers le tas de cendres.

Neftali les éparpilla du bout du pied.

Une minuscule braise luisait en dessous.

Où se trouve le paradis

des histoires perdues ?

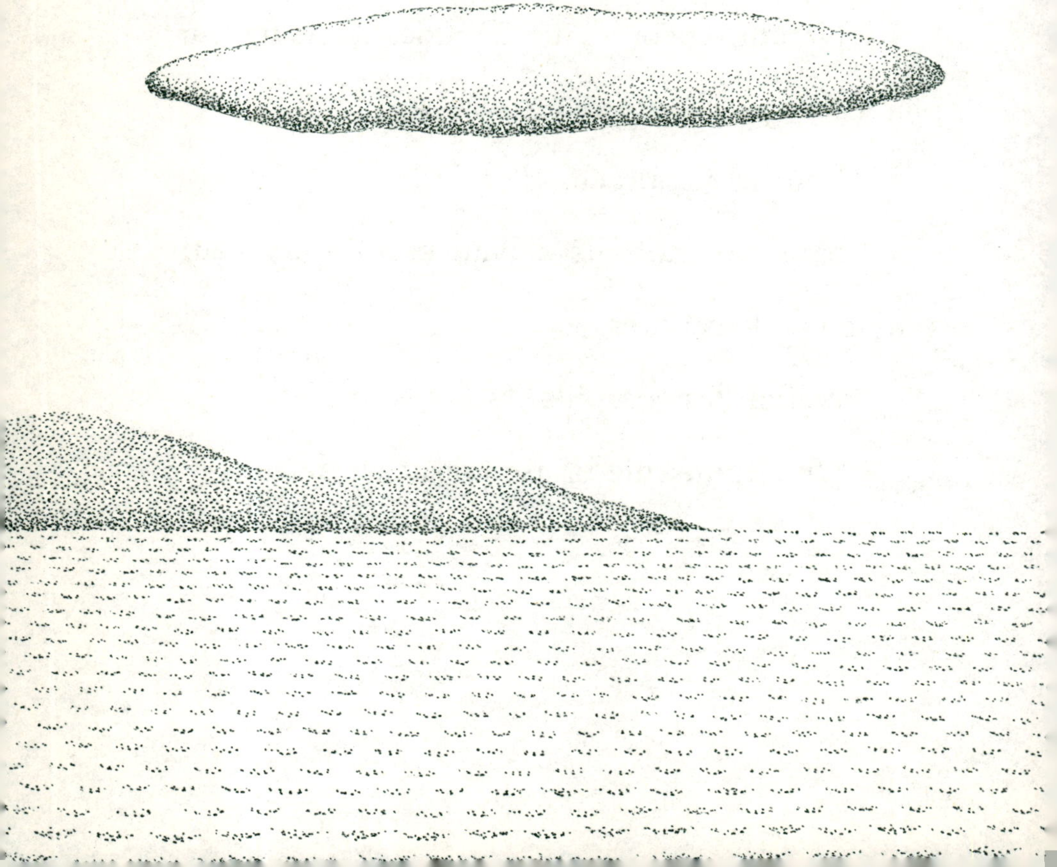

Quelques mois plus tard, Neftali reçut une lettre lui faisant part d'une terrible nouvelle : Rojas, l'un des poètes qu'il admirait le plus, avait été arrêté lors d'une manifestation estudiantine et jeté en prison.

En proie au doute et à la désillusion, Neftali se demanda comment un gouvernement pouvait arrêter quelqu'un pour avoir dit ce qu'il estimait vrai au plus profond de son cœur. Un écrivain devait-il répercuter uniquement les croyances officielles ? Était-ce donc un crime d'exprimer une opinion personnelle ? Deux points de vue ne valaient-ils pas mieux qu'un ? N'était-ce pas justement en ouvrant le débat que l'on parvenait à se forger un avis plus juste ? Tourmenté par toutes ces questions, Neftali tournait en rond dans sa chambre et sentait monter en lui le désir de réagir, de résister, de lutter.

Il veilla tard ce soir-là. Une fois assuré que son père dormait, il s'installa à son bureau et, à la lueur vacillante d'une bougie dont la flamme projetait d'étranges ombres sur les murs de sa chambre, il termina un poème pour *Claridad*. Sitôt après, il se trouva confronté à un dilemme. Ce poème devait paraître la semaine suivante dans la revue de l'université, mais également dans un journal de Santiago.

Or, son père connaissait beaucoup de monde dans la capitale. Il apprendrait donc, tôt ou tard, que son fils lui avait désobéi. Neftali ne pouvait se permettre de courir ce risque. Par ailleurs, il repensait sans cesse à ce que son père lui avait dit – qu'il était la honte de la famille.

Neftali reposa son stylo en soupirant, ouvrit le quotidien de Temuco et lut un article signé d'un auteur tchèque, dont le nom lui parut original et exotique. «Si seulement je pouvais m'appeler ainsi!» se dit-il. Il écrivit le nom sur un bout de papier, puis le lut et le relut à voix haute.

Il feuilleta ensuite un livre de poésie italienne et s'arrêta à une page où apparaissait un personnage prénommé Paolo.

– Paolo..., articula-t-il, songeur.

Comme la sonorité ne lui convenait pas tout à fait, il transcrivit ce prénom en espagnol avant de l'accoler au nom qu'il venait de noter. Les deux mots glissèrent du papier, traversèrent la pièce et, tel un élégant costume, se drapèrent autour du portemanteau fixé au dos de la porte.

Incapable de résister à la tentation, Neftali décrocha le costume et l'essaya. Il n'y avait pas besoin de faire un ourlet au pantalon ni de retouches à la veste. Les revers étaient exactement de la bonne largeur. Le tissu n'était ni trop épais ni trop fin, d'une teinte assez douce pour ne pas heurter le regard, mais suffisamment claire pour frapper les esprits. Non seulement ce nom était la solution idéale, mais de plus il lui allait comme un gant.

Neftali reprit son stylo. Au lieu de signer «Neftali Reyes» au bas de son poème, il écrivit *Pablo Neruda*. Grâce à ce pseudonyme, son père n'aurait plus honte d'avoir un fils poète. Neftali se dit qu'il l'utiliserait un certain temps, histoire de s'oublier pour mieux se retrouver.

Peut-être même le garderait-il définitivement. C'était un nom propice au voyage.

Le tempo de ses syllabes évoquait une locomotive en train de gravir une pente.

PABLO NERUDA

PABLO NERUDA

PABLO NERUDA

PABLO NERUDA

PABLO NERUDA

Est-ce qu'une métamorphose
s'opère de l'extérieur
vers l'intérieur,
ou inversement ?

Le lendemain matin, Neftali prépara tranquillement ses affaires. Dans une malle en métal, il mit : ses vêtements, ses livres, ses stylos et, bien entendu, son inséparable mouton. Ensuite, il rangea soigneusement ses collections dans deux grands cartons. Il en garda un et emporta le second dans la chambre de sa sœur.

– Je voudrais que tu conserves ça pour moi, dit-il en remettant le carton à Laurita. Ne le laisse pas partir en fumée !

– J'y veillerai comme à la prunelle de mes yeux, le rassura Laurita en souriant. Mais ce n'est pas encore l'heure de nous dire au revoir. Mamadre et moi, nous allons t'accompagner à la gare. D'ailleurs, il est temps de partir. Ta malle est prête ?

– Oui, répondit Neftali en hochant la tête.

Son père l'attendait près de la porte, sa cape noire repliée sur l'avant-bras.

Neftali ne lui avait pas parlé depuis l'incident des cahiers.

Son père lui tendit la cape.

– Je ne m'en sers plus, dit-il. Elle te sera sûrement utile. Concentre-toi sur tes études, Neftali.

En prenant la cape, Neftali se rappela le jour où son père l'avait emmené pour la première fois en forêt. Il le fixa droit dans les yeux et se perdit dans son regard. Qui y avait-il à l'intérieur ? Un homme méchant et aigri, ou bien un homme tellement régenté par son passé qu'il ne permettait pas à ceux qu'il aimait de décider de leur avenir ?

– Au revoir, Neftali, dit José Reyes en donnant une brève accolade à son fils.

– Au revoir, Père.

Et, dans un murmure, le jeune homme ajouta :

– Je ne vous décevrai pas.

Escorté d'un côté par Mamadre et de l'autre par Laurita, Neftali marcha jusqu'au quai, où soufflait déjà la locomotive. Avant qu'il ne monte dans le train, Mamadre lui donna la couverture posée sur ses épaules – celle qu'elle avait achetée, des années auparavant, à la foire où étaient exposés des objets d'artisanat mapuche.

– Pour que tu aies bien chaud, lui dit-elle. Tu n'as toujours que la peau sur les os.

Elle l'embrassa sur les deux joues, puis le serra tendrement contre elle.

– N'oublie pas que je suis fort à l'intérieur, tout comme toi, répliqua Neftali en l'embrassant à son tour.

Ensuite, il prit Laurita dans ses bras et la fit tournoyer.

– Je compte sur toi pour être mon émissaire et me raconter tous les potins de Temuco, d'accord ?

Sa sœur éclata de rire :

– Je t'écrirai toutes les semaines, promis !

Un sifflement annonça le départ imminent du train.

Neftali monta à bord.

~ ~ ~

Cette nuit-là et pendant toute la journée suivante, Neftali voyagea en troisième classe, dans un wagon bondé de paysans. Leurs ponchos trempés dégageaient une âcre odeur de suint et les malheureux poulets entassés dans leurs paniers sentaient la plume mouillée, mais cela ne le dérangeait pas, car il était en route pour l'université. Un endroit où il aurait accès à la culture, où il rencontrerait des personnes ayant les mêmes affinités que lui et où il ne serait pas mal vu d'être à la fois étudiant et poète.

Au fil des kilomètres, les vastes forêts qui défilaient par la fenêtre du train se clairsemèrent progressivement. Lorsque d'austères constructions de brique crue remplacèrent les derniers araucarias, Neftali eut l'impression de laisser derrière lui une partie de lui-même.

Après son arrivée en gare, il alla récupérer sa malle, puis il coiffa un chapeau noir à large bord, se vêtit de la cape de son père et, la couverture de Mamadre sur le bras, il partit à la découverte de Santiago et du monde qui s'ouvrait à lui.

~ ~ ~

Dès lors, dans l'ombre de la grande ville, Neftali s'adonna corps et âme à l'écriture. La poésie était une voie toute tracée, il ne pouvait faire autrement que la suivre. Il écrivait en toutes circonstances : quand il logeait dans des chambres aussi exiguës que des cellules ; quand il avait à peine de quoi se nourrir ; quand il faisait si froid qu'il bénissait la cape de son père et la couverture de Mamadre ; quand l'absence d'amis l'obligeait à se retirer au fond de lui ; quand il avait le cœur brisé ou qu'il avait brisé le cœur de quelqu'un ; quand il n'était pas d'accord avec la politique de l'université ou celle du gouvernement.

Neftali écrivait envers et contre tout.

Bien qu'il eût changé de nom, il ne pouvait se détacher de son histoire personnelle, et celle-ci imprégnait ses écrits. Certaines suites de mots évoquaient le rythme de la pluie qui avait baigné son enfance ; ses souvenirs de la grande forêt explosaient en phrases lyriques, aussi poisseuses que la résine de pin, aussi craquantes qu'une carapace de scarabée. Certains vers s'étiraient lentement, d'autres s'arrêtaient net, fidèles à l'alternance des vagues fortes ou faibles qui déferlaient sur le rivage ; d'autres encore, semblables aux notes plaintives d'un harmonica solitaire, se balançaient doucement. Neftali mettait toute sa fureur dans des essais acérés, tranchants, brûlants. Il exprimait ses convictions à la cadence d'une rotative, et ses sentiments sous forme de poèmes aussi chauds et aussi doux que la laine de son mouton bien-aimé.

Les poèmes de Pablo Neruda empruntaient des sentiers boueux. En lisant ses mots, le paysan songeait : « Les mains de cet homme ont remué la terre, comme les miennes. »

Les poèmes de Pablo Neruda frappaient à la porte des grandes demeures. En lisant ses mots, l'homme fortuné déclarait : « Nous avons tous deux grimpé à la même échelle. »

Les poèmes de Pablo Neruda s'asseyaient à la table du boulanger, qui disait de lui : « Il sait ce que j'éprouve en pétrissant la pâte. »

Les poèmes de Pablo Neruda arpentaient le pavé des rues. En les déclamant à son comptoir, le commerçant lançait à ses clients : « Vous savez quoi ? Cet homme est mon frère ! »

Les poèmes devinrent des livres qui passèrent de main en main.

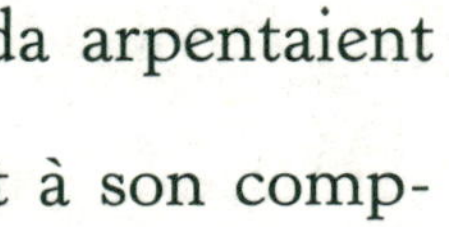

Et les livres sautèrent par-dessus les barrières...

... traversèrent les ponts...

... franchirent les frontières...

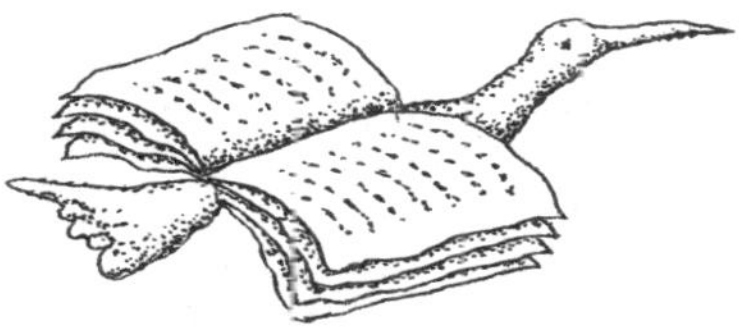

... s'élancèrent d'un continent à l'autre...

... jusqu'à ce qu'ils se transmettent à une multitude de gens aux quatre coins du monde, tel un cadeau glissé à travers un trou dans une palissade...

... des livres battant des ailes en rythme, le cœur impatient de délivrer leurs rêves.

ting,

ting,

ting,

ting,

ting

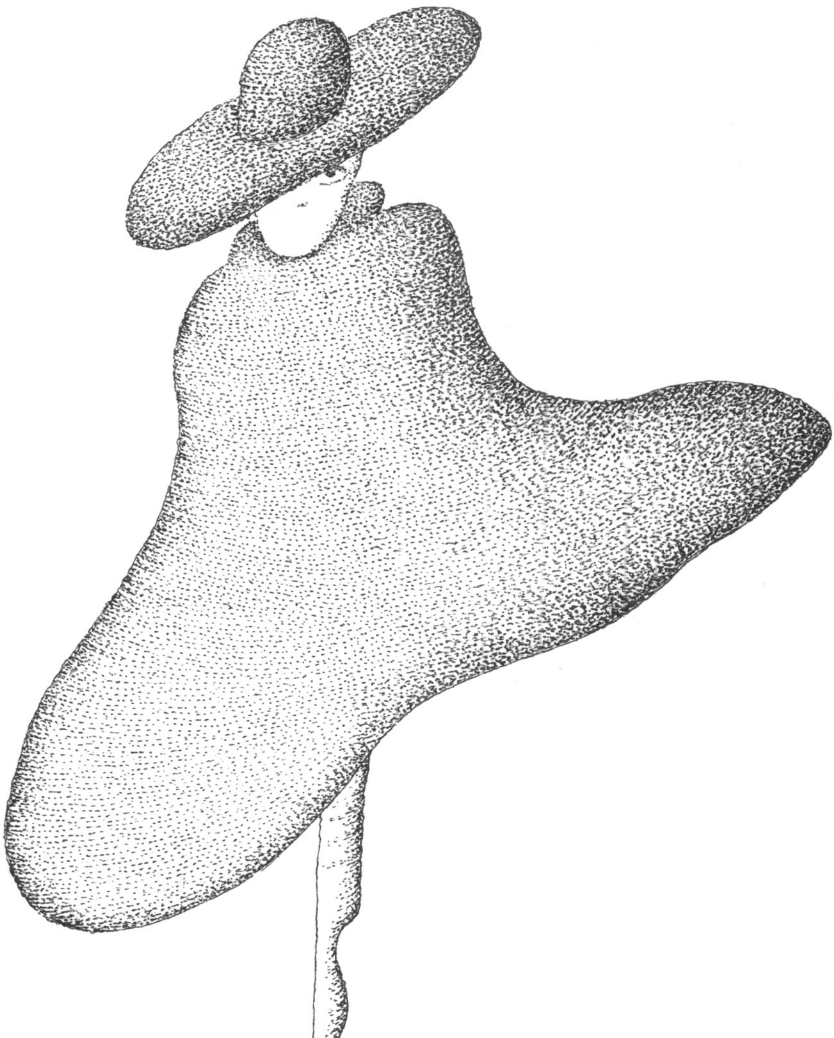

NOTES DE L'AUTEUR

Le rêveur est un ouvrage de fiction inspiré d'évènements réels qui ont marqué l'enfance de Pablo Neruda. Le récit commence par une intrigue insignifiante : l'échange d'un mouton en peluche contre une pomme de pin à travers un trou dans la palissade. Cette anecdote m'a captivée et donné envie de lire les essais et les mémoires de Neruda, lesquels m'ont révélé ses incursions en forêt, ses vacances au bord de l'océan et l'histoire du cygne. Autant d'éléments qui m'ont poussée, en toute logique, à consulter ses biographies.

Pablo Neruda (1904 – 1973) est l'un des plus importants poètes du XXe siècle. Il s'est vu décerner le prix Nobel de littérature en 1971, et l'ampleur de son œuvre, traduite et éditée dans de nombreuses langues, en fait probablement le poète le plus lu dans le monde.

C'est en me plongeant dans la poésie de Neruda que j'ai découvert *Le livre des questions*. Sa curiosité d'esprit fut contagieuse, et c'est ainsi que j'ai imaginé la «voix de la poésie» et les questions qui émaillent mon texte. J'espère que le lecteur saura puiser les réponses dans son imagination.

Des années durant, Neruda a gardé le petit mouton qu'une main mystérieuse lui avait tendu par le trou de la clôture. Après la disparition de cette peluche lors de l'incendie de sa maison, Neruda n'a jamais renoncé – même à cinquante ans passés – à scruter les vitrines des magasins de jouets au cours de ses voyages. Il n'a jamais retrouvé de mouton semblable au sien, mais le souvenir des circonstances dans lesquelles il l'avait reçu est resté gravé dans sa mémoire, et il l'a même décrit dans un essai intitulé *Enfance et poésie*.

Ainsi qu'il le disait lui-même, «cet échange a fait naître en moi (...) une idée précieuse, à savoir que tous les êtres humains sont en quelque sorte reliés (...) De même que j'ai un jour déposé une pomme de pin au pied de la palissade, j'ai par la suite déposé mes mots devant la porte d'une multitude de gens qui m'étaient inconnus, qui se trouvaient en prison, ou pourchassés, ou solitaires.»

Neruda a l'art de s'adresser au commun des mortels et d'aborder des sujets tout à fait banals. Selon lui, une personne qui touche de ses doigts un objet, laisse un peu de sa présence sur cet objet; grâce à ce contact, la «mémoire de l'objet» absorbe une parcelle de cette personne. Neruda croyait également à la préexistence de toutes les histoires qu'il couchait sur le papier et trouvait l'inspiration dans les choses et les détails les plus simples de son environnement: outils de jardin, rouleau à pâtisserie, surface irrégulière de la table où l'on pétrit le pain. Il était fasciné par ce qu'il appelait «la marque permanente de l'humanité sur chaque objet, à l'intérieur comme à l'extérieur».

«Il est très instructif, disait-il, de regarder attentivement un objet au repos... Il exsude le contact humain et la terre, véritable leçon pour le poète tourmenté (...) On y retrouve la confusion et les défauts des hommes (...) l'empreinte des pieds et des mains. (...) Voici le genre de poésie vers lequel nous devons tendre, une poésie comme rongée par l'acide, modelée par le travail de la main, imprégnée de sueur et de fumée, sentant le lys et l'urine, éclaboussée par quantité de nos actes. » Neruda va jusqu'à investir son stylo d'émotion et préfère écrire à l'encre verte, car c'est *la color de esperanza* – la couleur de l'espoir.

Toute sa vie, Pablo Neruda a collectionné des objets divers et variés, en accord avec son goût des curiosités : bateaux en bouteille, coquillages du monde entier, énormes figures de proue, morceaux de verre dépolis par la mer, pendules, clefs, livres rares, flacons de verre, instruments de navigation, petits trésors de la nature, enseigne de cordonnier avec un soulier géant en bois, et même un cheval de manège acheté à Temuco. Il aimait également collectionner les gens, et son univers personnel fourmillait de personnages de tous les milieux.

L'amour occupe une place essentielle dans l'œuvre de Neruda : passion romantique, amour de la patrie, amour de l'humanité, des choses du quotidien, amour de la beauté. Cependant, le poète chilien s'est aussi attaché à exprimer le désespoir sous toutes ses formes.

Dans des écrits qui préfigurent ses opinions politiques, il n'hésite pas à dénoncer les mauvais traitements que subissent certains de ses semblables – ce qui ne plaît pas à tout le monde.

À la suite du coup d'État du 11 septembre 1973 et de la mort du président Allende, dont il est un fervent partisan, Neruda devient un ennemi du Chili aux yeux du nouveau gouvernement. Sous la dictature militaire du général Pinochet, il est désormais interdit de formuler la moindre critique, par oral ou par écrit. Il est même dangereux d'avoir des opposants au régime parmi ses amis ou sa famille. Des milliers de personnes seront tuées ou emprisonnées sans jugement, ou bien forcées de quitter le pays à cause de leurs opinions.

Quelques jours avant sa mort, Pablo Neruda, déclaré traître à son pays, voit débarquer chez lui des militaires en armes qui ont pour ordre de fouiller et saccager sa maison. « Regardez autour de vous, leur dit-il. Ici, il n'y a qu'un seul danger pour vous : la poésie. »

POÈMES ET ODES
DE PABLO NERUDA

NE FAITES PAS ATTENTION À MOI

Parmi les choses que rejette la mer
cherchons les plus calcinées,
pattes violettes d'écrevisses,
petites têtes de poissons défunts,
douces syllabes de bois,
petits pays de nacre,
recherchons ce que la mer a défait
avec insistance et sans y arriver,
ce qu'elle a brisé et abandonné
et qu'elle nous a laissé.

Il y a des pétales bouclés,
des cotons de tempête,
d'inutiles joyaux de l'eau
et de doux os d'oiseau
encore dans une attitude de vol.

La mer a rejeté son abandon,
l'air a joué avec les choses,
le soleil a embrassé tout ce qu'il y avait,
et le temps vit près de la mer
et raconte et touche ce qui existe.

[...]

ODE À LA BICYCLETTE

J'allais
sur le chemin
crépitant :
le soleil s'égrenait
comme maïs ardent
et la terre

chaleureuse
était
un cercle infini
avec un ciel là-haut,
azur, inhabité.

Passèrent
près de moi
les bicyclettes,
les uniques
insectes
de cette
minute
sèche de l'été,
discrètes,
véloces,
transparentes :
elles m'ont semblé
simples
mouvements de l'air.

[...]

II

Pourquoi les énormes avions
ne promènent-ils leurs petits?

Quel est l'oiseau aux plumes jaunes
qui remplit son nid de citrons?

Pourquoi n'apprend-on aux hélicoptères
à butiner sur le soleil?

Où la pleine lune a-t-elle laissé
son sac nocturne de farine?

(*Le livre des questions*)

XIV

Et les rubis, qu'auront-ils dit
en voyant le jus des grenades?

Pourquoi Jeudi ne se persuade
de succéder à Vendredi ?

Quels sont-ils, ceux qui ont crié
de joie lorsque le bleu est né ?

Pourquoi la terre est-elle triste
quand apparaissent les violettes ?

(*Le livre des questions*)

LE PÈRE

Le père brusque revient
de ses trains :
nous avons reconnu
dans la nuit
le sifflet
de la locomotive
perforant la pluie
de son hurlement errant,

de sa plainte nocturne,
et bientôt
la porte qui tremblait ;
le vent en trombe
entrait avec mon père
et sous leurs pas et leurs pressions
la maison
trépidait,
les portes effrayées,
claquaient comme une sèche pétarade
de pistolets,
les marches gémissaient
et une voix sonore
grondait, hostile,
tandis que l'ombre tempétueuse,
la pluie comme une cataracte
déchaînée sur les toits
noyait peu à peu
le monde (...)

(*Mémorial de l'île Noire*)

LE LAC DES CYGNES

(...) et tout à coup
apparaissait le lac, l'eau dure et dérobée,
dense clarté, joyau de la bague terrestre.
Un envol blanc et noir : les cygnes dispersèrent
des pattes de cuir rouge et de longs cols nocturnes,
et la neige sereine volant sur le monde.

Ô vol parti de l'eau semblable,
mille corps au destin de beauté immobile
comme la transparente éternité du lac.
Soudain tout ne fut plus que course sur les eaux
et mouvement et son et tours de pleine lune,
et puis ailes sauvages quittant le tourbillon
pour devenir bon ordre, essor, grandeur secouée,
et puis absence, un tremblement blanc dans le vide.

(*Mémorial de l'île Noire*)

LA TIMIDITÉ

Je sus à peine, être esseulé, que j'existais
et que je pourrais vivre ainsi cahin-caha,
que j'eus peur de cela même : la vie ;
je voulus qu'on ne me vît pas,
qu'on ignorât mon existence.
Et je devins maigreur, pâleur, absence,
je ne voulus plus parler : il ne fallait pas
qu'on reconnût ma voix, je ne voulus plus voir
pour ne pas être vu,
je frôlai les murs en marchant :
j'étais une ombre aux pas glissants.

(*Mémorial de l'île Noire*)

SOURCES DES POÈMES
DE PABLO NERUDA

«Ne faites pas attention à moi» est tiré de *Vaguedivague*, traduction de Guy Suarès, Paris, Gallimard, 1971

«Ode à la bicyclette» est tiré de *Troisième livre des odes*, collection «Du monde entier», traduction Jean-Francis Reille, Paris, Gallimard, 1978.

«I» et «XIV» sont tirés du *livre des questions*, traduction Claude Couffon, Paris, Gallimard, 1979.

«Le père», «Le lac des cygnes» et «La timidité» sont tirés de *Mémorial de l'île Noire*, traduction Claude Couffon, Paris, Gallimard, NRF, 1977.

REMERCIEMENTS

Merci à Jon J. Muth, auteur et illustrateur, qui m'a le premier raconté l'histoire du trou dans la clôture. Je tiens également à remercier vivement le ministère chilien de l'Éducation, et en particulier Carole Cummings pour m'avoir ouvert de nombreuses portes lors de mon séjour au Chili. Merci aux nombreux biographes et traducteurs de Neruda, et parmi eux Adam Feinstein, Alastair Reid, Volodia Teitelboim et Margarita Aguirre, dont j'ai lu les ouvrages en espagnol.

Merci aux personnes extraordinaires de mon entourage : mon éditrice, Tracy Mack, dont les conseils éclairés m'ont permis d'améliorer considérablement ce récit ; David Saylor, dont la vision m'a conduite à la version définitive du texte ; Charles Kreloff, pour sa magnifique maquette ; Brian Selznick, pour son écoute, sa patience et ses commentaires avisés ; Jim, qui comprend fort bien ce qu'est une vie d'écrivain ; enfin, Peter Sís, dont les illustrations sans pareilles apportent à chaque page une touche de magie.

JE SUIS LA POÉSIE

PAM MUÑOZ RYAN

Je suis la poésie
en quête de poète.
Je pose des questions auxquelles se prêtent
toutes les réponses.
Je ne choisis personne.
Je choisis tout le monde.
Approche-toi...
... si tu oses.

Je suis la poésie,
tapie dans l'ombre mouchetée de lumière.
Je suis l'entrelacs des racines
et la branche noueuse.
Je suis la symétrie de l'insecte,
de la feuille,
et de l'oiseau aux ailes déployées.

Je suis la poésie
sillonnant le grand bleu,
appâtant mes proies
avec des poissons, des coquillages et du ciel.
À travers les paupières de l'océan,
je cherche un cœur sans méfiance.
Regarde.
Regarde-moi.

Je suis la poésie
encerclant le rêveur.
Toujours présente,
je capture l'esprit,
je dompte le stylo
et deviens la brise qui souffle
sur l'unique chemin de l'écrivain.

Ouvrage publié originellement par Scholastic Inc.,
557 Broadway, New York, NY 10012, USA
sous le titre : *The Dreamer*

18 rue Barbès, 92128 Montrouge Cedex
ISBN : 978 2 7470 3837 9
Dépôt légal : février 2013
Imprimé en Chine

Loi 49-956 du 16 juillet 1949 sur les publications destinées à la jeunesse.